大魚讀品
BIG FISH BOOKS

让日常阅读成为砍向我们内心冰封大海的斧头。

克拉克森的农场

[英]杰里米·克拉克森 著

吴超 译

台海出版社

谨以此书

献给卡莱布、查利、埃伦、凯文、杰拉尔德，

当然，还有莉萨

目 录

引 言

我给《星期日泰晤士报》写了 20 多年汽车方面的专栏文章。最近因为疫情，汽车厂商们不得不暂停组织试驾评测。无车可测，意味着我无车可评。专栏竟要荒下来了。

当然，我大可以给自己放个假。管他什么汽车专栏呢，干脆什么都不写。可我喜欢写作。写作是我放松的方式。就像有的人喜欢打高尔夫，有的人喜欢练瑜伽，有的人喜欢登山。我就喜欢坐在笔记本电脑前，琢磨些让人拍案叫绝的妙语金句。于是我就问编辑，写点农业方面的东西行不行。他说行。于是乎，诸位也看到了。现在我们干的，就是把所有的专栏文章结集成册，出这么一本书。

这可是完全陌生的领域。写车时，我对想表达的东西心里门儿清。我知道什么叫转向不足，也知道汽化器有何用途。但我对农业一无所知。字面意思上的一无所知。然而我摇身一变，成了《星期日泰晤士报》的农业专家。尽管我连大麦、小麦都分不清楚，更别提怎么种了。你问我油菜有什么用途，我同样一脸蒙。

我搞不懂拖拉机上那么多按钮都是干什么用的。当有人提醒我要准备一个储存粮食的地方时，我苦思冥想是要弄个水桶还是弄个浴缸，结果发现人家说的是谷仓，很大的谷仓。

我能怎么样呢，唯有硬着头皮带领各位读者一起踏上这段发现之旅。这段旅程，可谓异彩纷呈。

一开始我就发现，我买的那辆拖拉机，什么机具配件都装不上去。随后是天气，阴晴难料，你怕什么它偏来什么。另外，我还深切地体会到，当你计划好了要到农场上做点什么的时候，结果大概率会干了别的。还有，绵羊这种动物既费钱又麻烦。山葵在英国没有大面积种植是有原因的。英国政府就是专门给你"找麻烦"的。

尽管有这样那样的不如意，但我还是渐渐发现，这是一种十分美好的生活。夕阳西下，坐在我的拖拉机上，看着田野中的野兔、小鹿以及鸣禽，那种感觉令人陶醉。我以前可不知道从这些东西身上竟能体会到如此纯粹的快乐。中午短暂地停下来吃午饭。做三明治的小麦是我自己种的，羊肉出自我的牧场，喝的苹果汁也来自农场上的苹果。这感觉，不比看詹姆斯·梅[1]整理他的工具箱好一百倍？

今天上午得把收的干草盖好；明天将开始我的第二个丰收季，这也就意味着，停在农场院子里那台等待评测的保时捷GT3，我十有八九是没空开了。不过这也没什么大不了的，又不是世界末日，你说对吧？

1　詹姆斯·梅（James May）：英国电视节目主持人、记者、作家。曾和克拉克森搭档主持过《疯狂汽车秀》（Top Gear）。——本书中注释除特殊说明外均为译注。

Spring

春

May

五 月

开上我的兰博基尼拖拉机去割草

早在2008年，我就在牛津郡买了6070亩[1]地，并雇了一个当地人替我经营。但去年这人说要退休，所以我就想着干脆自己干算了。好多人对我的决定震惊不已。因为众所周知，经营农场你得是个多面手才行。除了会种地，你还得会给牲畜看病，能应付官僚主义的繁文缛节；你得了解农学，懂机修，懂经营管理，敢于冒险，会预报天气，干得了销售，做得了苦力，当得了会计。而所有这些，我几乎样样不精。

我在亚马逊公司的那些上司同样惊诧莫名。他们专门给我定制了一个8集的系列节目，打算让观众看看一个喜欢玩车的老家伙突然跨界去种大麦、小麦和油菜，侍弄林

---

1 原文为"1000英亩"，约等于市制的6070亩。为便于读者理解，本书中英制均换算为市制或公制。下同。

木和草场，会制造出怎样令人笑掉大牙的喜剧效果。我给农场取名"不足道"，因为它能创造的东西实在微不足道。

不过，我个人很有信心能经营好农场，毕竟人类从事农业生产已经有1.2万年的历史，我以为种地已经是刻在我们DNA里的手艺了。你把种子往地里一撒，天上下点雨，粮食自己就长出来了。小菜一碟。

然而很不幸，我选了一个坏得不能再坏的年份开始我的农场计划。头一年我就遇到了英国有史以来雨水最多的播种季。雨从十月份开始，一口气下了7个星期。同一时期，英国脱欧又带来了许多不确定因素。好不容易雨过天晴，居家令又来了。政府说所有人都得待在家里，至于什么时候能正常出门，谁都说不准。

新冠肺炎疫情对物价产生了灾难性影响。几周前我头一次卖掉那140只羊时，每只还能卖100英镑，可现在的价格已经落到了每只30英镑。与此同时，春大麦更惨，惨到叫人没气力去收割。这一方面是因为天气造成大麦供过于求；另一方面是因为大麦主要用于酿造啤酒，但眼下酒吧全都关了门。

虽然有这样那样的问题，但在如此明媚的春日，坐在我的农场里，心情还是格外舒畅。农场上除了有 61 亩油菜被跳甲虫毁了之外，其他作物长得都挺好。羊也只死了 3 只。而因为每天忙得脚不沾地，我就没工夫在家里闲晃悠，也没工夫整天抱着酒瓶看重播的《阁楼里的现金》了。如今我在农场可是挑大梁的人物。

而更妙的是，我还能继续写东西投到报纸上的汽车版块，比如写写我的拖拉机。

本来我可以买台芬特（Fendt），大家都说这个牌子的拖拉机最好。或者也可以买台杰西博（JCB）[1]公司的快拖（Fastrac），因为我跟杰西博家族是朋友。可我只想要台兰博基尼，而且我也真的买了。确切地说是一台兰博基尼 R 8 270 DCR 拖拉机。

兰博基尼造拖拉机的时间可比造汽车的时间早得多。只不过在 1973 年，兰博基尼公司把拖拉机业务连同商标权一起打包卖掉了。如今兰博基尼拖拉机已经成了德国造，但它们依然保留了兰博基尼汽车威猛霸气的外形风

1　杰西博（JCB）是世界五大工程机械和农业制造公司之一，也是英国最大的家族所有公司，成立于 1945 年，创始人为挖掘装载机的发明创造者约瑟夫·西里尔·班福德（Joseph Cyril Bamford）先生，这也是公司名字 JCB 的由来。

格。你会觉得这是埃文塔多（Aventador）[1]与一艘宇宙飞船结合才生下这么个玩意儿。

这台拖拉机可不是一般地大，它的前轮比我还高。你得爬四级梯子才能够得着门把手，然后爬几级才能进入驾驶室。这还没完，你还得再往上爬一点才能坐到座位上。实际上它块头大到连我的谷仓都装不下。不得已我只好又盖了栋新谷仓。干农活的人见了它，都毫不例外地会用他们浓浓的乡音说出同一句话："这玩意儿也忒大了！"但在我看来，拖拉机就像男人的尊严，谁会嫌它大啊？

不过这些老乡倒也没说错，它确实大得有些过分了，不仅谷仓放不下，它连我车道上的大门都进不去。没办法，我只好重修车道。另外，它也太有劲儿了。直列六缸涡轮增压柴油发动机虽然只能输出270马力的功率，放在汽车里也就是高尔夫GTI的水平，但它的扭矩有775牛米。这意思就是说，如果你在它后面挂上其他农机设备，几分钟就能被它扯成碎片。

问题是我在它后面也挂不上什么东西。配件全是些

---

1 埃文塔多（Aventador）为兰博基尼品牌下的一款超级跑车，名字来自一头公牛。

重型机械，我只知道要是我愣头愣脑地硬要试试，说不定你会在新闻上看到：又有一个农场主走 6 公里穿过他的地，怀里揣着个袋子，袋子里是他的断臂。为了连接耕耘机、滚压机和条播机，我只好雇了一个叫卡莱布的小伙子来帮忙。他也认为我的拖拉机太大了，还声称他的克拉斯（Claas）拖拉机更好些。我们就这个问题没少争论。

我承认，兰博基尼拖拉机是有点复杂。只要一发动，那根直径 18 厘米的垂直式排气管就会发出巨大的轰鸣。接着你挂上挡，再用另一根挡杆也挂上挡，如果这个时候你松开离合，就会发现还有一根挡杆同样需要挂上挡才能起步。如果行进中需要变挡，那就得用上第四根挡杆了。

听说这台拖拉机的前进和倒车挡位加起来总共有 48 个之多。还好它只有两个刹车踏板和油门踏板。老早我就数过，驾驶室里共有 164 个按钮。结果等我掀开扶手，下面还有 24 个。这些按钮上一律没有标签。这可真够闹心的，要知道它们操纵的东西，可是轻而易举就能把我整成残废啊。

终于，经过一番折腾，它总算动起来了。但我立刻就发现了不对劲的地方。拖拉机有减震系统，座椅也有，而且它们是独立运作的。因此，当拖拉机爬坡时，座椅就自动往下降。这表示你可能会在后背遭受严重挤压与脑袋被撞之间自由切换。于是我不得不死死抓住方向盘，结果刚开了3分钟，方向盘掉了。不是开玩笑的，方向盘真的掉了。

换成开车，时速40公里在我眼里算什么，但在这辆拖拉机上，我却被吓个半死。从那以后我就龟速开拖拉机，即便如此，我还是撞过六个大门、一道树篱、一根电线杆、一辆拖拉机，还有一个集装箱。说句实话，我还没有过不撞一次车就把一项工作顺顺利利完成的时候呢。耕到地头来个三点式掉头[1]？我可做不来，每次都直接碾过栅栏。条播我也不拿手。我们泥腿子说的条播就是播种。不拿手是因为技术含量实在太高，要想条播干得好，你得装一台特别先进的电脑，就是美国国家航天局计算飞行器重新进入大气层需要采取什么角度时用的那种电脑。而搞农业还有另外一项技能，就是电脑编程。这我同样一窍不通。所以不管耕地还是播种，我开出来的轨线在有的地方

---

1 三点式掉头即在空间有限的场地上，先让车辆靠右，而后从右侧往左回转，使车身与路线垂直，接着挂倒挡同时往右侧打方向盘，使车身回到行驶路线上来，再挂前进挡完成掉头。

能相差 3 米，而有些都偏到约克郡去了。

尽管如此，当我坐在开着空调的拖拉机上一边缓缓向前，一边听着广播四台大谈社会主义时，我突然开始理解为什么阿甘[1]在经历了那么多事情之后，最后却乐意开着割草机去给学校的足球场割草。而一到发动机过载的时候我就格外开心，因为从排气管传来的巨大轰鸣会盖住马库斯·布里斯托克[2]的声音。

每当我干完一块地里的活，爬下梯子，坐在刚刚被我碾坏的栅栏上就着啤酒吃鸡肉三明治时，回头看看自己的劳动成果，心里还颇有一点点自豪。我明白，虽说这工作不像医生或护士，但用自己的双手在地里种出粮食，做成啤酒、面包和植物油，无疑比大呼小叫地开着车子转圈圈要有意义得多。

就目前的形势来看，疫情不结束，我恐怕是没办法给汽车专栏写文章了，所以我就每周多给大家说一些农场上的故事吧。

1　指美国电影《阿甘正传》中的主人公。
2　马库斯·布里斯托克（Marcus Brigstocke）：英国喜剧演员，曾上过 BBC 的节目。

拖拉机相关开销一览

二手德国拖拉机：花费 40,000 英镑

建造能够容纳拖拉机的谷仓：花费 28,000 英镑

整修满足拖拉机进出的车道：花费 23,000 英镑

雇人每天早上帮忙安装农机具：这是他的事，与你无关。

针对到目前为止我所造成的毁坏，维修费用：215,000,000 英镑

但是这台拖拉机，烧红色柴油[1]也能跑。你说它牛不牛？

1　红色柴油是主要用于非道路机械的柴油，例如建筑行业使用的推土机和起重机。在英国，工业用柴油是免税的，汽车用的柴油却要缴纳重税。为了帮助识别公路车辆的非法使用情况，特意添加了一种红色染料。

蔬菜危机

最近，英国农场主包机接罗马尼亚工人来摘菜的新闻闹得沸沸扬扬。"他们可别把传染病给带过来。"穿运动服的家伙们说，"为啥不把这些工作留给土生土长的英国人呢？"

呵。农场主们已经大声疾呼了好几个星期，除非派军队来帮他们摘菜，否则他们的菜就只能烂在地里了。他们苦苦哀求土生土长的英国人，希望他们能动一动他们松弛的屁股，伸出援助之手，帮菜农们渡过难关。然而除了一些中产阶层的父母带孩子过来体验个把星期的生活，响应者寥寥无几。采摘工人的缺口是9万个，但进入面试者只有6000个，所以就有了包机接罗马尼亚工人的新闻。

通常我对这类新闻是不怎么关注的，因为我的农场位于科茨沃尔德的一座小山丘上。从伦敦往这儿来的时候，我车上的温度计一个劲儿地往下降，感觉就像飞机失事时的高度表。我来到这里的直观感受是冷，甚至可以说严寒刺骨。这样的气候并不适合种菜。

另外，还有人跟我说过，这里的土壤也不怎么样。"底下全是碎石。"那些一辈子都穿着工装裤和维耶勒法兰绒衬衫的本地人说。他们很多还打着领带。这让我莫名其妙。打着领带干农活，不怕被那些恐怖的农业机械缠住吗？不过他们说碎石地更适合种粮食作物，养羊也可以，但就是不适合种菜。

去年，为了证明他们错了，我决定种十几亩土豆，打一打他们的脸。在我填了摞起来差不多有 1 米高的表格之后，政府终于给我发了许可证（在英国干农业，你每天早上起床都得有政府的许可）。于是 4 个月后，我就收了 40 吨土豆。这个产量颇为尴尬。收购商看不上眼，派卡车过来拉还不够油钱。可要在路边摆摊零售，那就不知道要卖到猴年马月去了。我自己想办法卖出去了 1 吨，烂了 38 吨，剩下的我干脆无偿送给村子里的老人们了。

如此一来，我想做奇平诺顿[1]土豆大王的美梦算是落

1　奇平诺顿是一座小镇，位于英格兰牛津郡西部地区的科茨沃尔德丘陵间。

了空。但我至少向当地人证明了，虽然这里气候寒冷，土地九成碎石一成灰，但种菜还是没问题的。

因此，几周前我决定把其中一块本来打算全部种上春大麦的地，辟出一半用来种蚕豆、甜菜根、韭葱、卷心菜以及其他人们惯常食用的蔬菜。

这意味着我需要买台栽植机。可现如今市场上几乎全是大型栽植机，人家设计出来就为了一上午能栽完一个郡的地，天黑前还能搞定整个加拿大。可我只有 24 亩那么一片巴掌大的菜地，所以最后我买了一台 20 世纪 50 年代的老式栽植机。它很小，也不怎么结实。要是把它挂在我那山一样高大威猛的兰博基尼拖拉机后边，恐怕它会原地爆炸。因此，我需要一台小一点的拖拉机。于是我灵机一动，给我的女朋友莉萨买了一件礼物——一台 1961 年款的麦塞弗格森（Massey Ferguson）拖拉机。

虽说我聪明能干，却还是有个问题。操作这套设备需要三个人：一个人负责开拖拉机，另外两个人坐在那台迷你栽植机上，往机器里输送苗束——也就是种苗，而且人与人还得隔开 2 米左右的社交距离。

我给孩子们打电话。这帮人明明都在居家隔离，此时却一个个突然有工作要做，有论文要写。没办法，我只好把开拖拉机的卡莱布叫来，让他开那台麦塞弗格森拖拉机走在前面，离栽植机差不多 2 米的距离，这样我和莉萨就都能坐进栽植机里放菜苗了。

听说在海上石油钻井平台当深海潜水员是很危险的工作，而当兵更危险。但实际上，农业生产从业者的致死率比其他所有行业的平均值几乎高出 20 倍。等你坐到栽植机里头，你就知道为什么了。

你的前面竖直安装着一根和重型摩托车链条差不多的传动带，上面每隔 10 厘米左右就有一个 V 形苗槽。你的工作就是不停地把菜苗放进槽里。当拖拉机开动，链条跟着转动时，你会情不自禁地感觉自己仿佛置身于一个变速箱内，稍不留神，手可能就会被绞进去。而因为拖拉机的轰鸣，你就算叫破喉咙司机也听不见。

栽植机上面安装着一个塑料顶棚。起初我以为是为了给干活的人遮雨或者挡太阳，现在我敢肯定那是为了让法医勘查现场的时候少受点罪。

不过最神奇的还不是这些，而是，这玩意儿根本不中用。它要么把菜苗埋到土里 1 尺来深根本见不着光，要么就干脆没有埋。这样一来，你就得重新用手再埋一遍。结果到最后你会发现，还不如一开始就直接用手栽呢。

所以，我们干脆就把机器丢到一边，撅起屁股弯着腰，亲自动手栽起了菜苗。几个钟头下来，人就累得直不起身了。这么辛苦图什么呢？图那些娇生惯养的小胖子吃饭的时候把我们的劳动成果往旁边一推，张口问他妈妈要特趣巧克力吃吗？

哈！听天由命吧。在蔬菜种植方面我们不是专家，甚至连入门级都算不上，即便如此，栽完第一亩后的第二天，我们还是看出了不对劲的地方。我们新栽的苗子全都耷拉着脑袋。正确的说法我想应该是：蔫了。

原来苗子栽上之后还得浇水啊！老天爷，我这块地离最近的水阀还有 800 米呢，该怎么把水引过来浇地呢？嗯，显然我需要一台挖掘机、一台管道铺设机，还得在小溪上建一道坝，放一个水泵。等我把这些做完，会过来几个专业人士，把我做过的事情全部重做一遍，只是更正规些。照此速度，我的菜地若想盈利，除非每根蚕豆能卖到140 英镑，每棵卷心菜能卖到 400 英镑。

这还不包括我为整个工程花费的时间呢。要知道我可是一门心思全扑到上面去了。一天之内我要把四个喷淋器挪十次地方。它们不停地喷水，小溪里的水都快被它们吸干了，结果我家里倒出现了供水紧张的局面。大多数日子，我感觉自己过得就像《恋恋山城》[1] 里的那家人。

昨天夜里我被雨声吵醒，竟平生第一次感到满心欢喜。可现在又是晴空万里，风和日丽。天气预报说，到周末气温将升到24摄氏度。才春天就24摄氏度！我们刚刚才经历了一个有史以来雨量最多的秋天。像气候异常这种事，为什么就没有人注意到呢？

然而天气并不是我遇到的最大问题。真正头疼的事情在夏天，那些没死的蔬菜到了成熟该采摘的时候。如果我也雇用罗马尼亚工人，奈杰尔·法拉奇[2] 和他的支持者们不疯掉才怪。如果我让莉萨的女儿下地，《每日邮报》又该说我非法使用童工了，所以最后还得靠我自己。

看来我非累死不可，给农业死亡统计再贡献一个名额是迟早的事。不过一想到琼·阿玛特雷丁、杰里米·科尔

1　一部法国电影。主人公一家的土地被恶邻截断了水源，导致田地枯竭牲畜渴死，主人公也一病不起撒手人寰。

2　奈杰尔·法拉奇（Nigel Farage）：英国资深政客，脱欧领袖之一，也是英国独立党前领袖。

宾、刘易斯·汉密尔顿、保罗·麦卡特尼、明智队长、麦莉·赛勒斯以及其他众多决定过素食主义生活的名人都将对我心怀感激，我想就算爬我也要爬进天国之门。

这些素食者，他们以为自己在积德行善，可实际上那只是他们一厢情愿的自我感动，因为吃菜对于不得不种这些该死的菜的农民来说，同样是一种惨无人道的暴行。

羊善记仇，至死不休

上星期，有只绵羊下了崽。另一只怀着孕的绵羊目睹之后，竟以为那个黏糊糊的小羊羔是它生的，于是不顾小羊生母伤心欲绝，堂而皇之地开始舔起小羊，还让小羊嘬它的奶头 —— 是叫奶头没错吧？

不管怎样，听女人们说，分娩是每一个母亲终生难忘的经历。那么问题来了，一只明明没有经历过分娩的绵羊，怎么会认为自己生了小羊羔呢？答案显而易见。羊是这颗绿色星球上最愚蠢的动物。可能唯独在一件事情上，它们精得很。

我的羊是去年在牛津郡泰姆市的一个拍卖会上买的。说实话，当时我懵懵懂懂，根本不知道自己在干什么。反正就看见一圈一圈的羊被赶出来，拍卖师的嘴机关枪似的说个不停，锤子敲得像小钢炮。结果是我带着78只北方杂交羊回了家。其实我压根儿不知道自己都买了啥，因为那里的人说话我一个字都听不懂。

随后我又买了2只公羊。那简直是两个一身毛的播种机啊。没过多久，除了3只以外，其他所有的母羊都怀上了崽。没怀上的那3只，被我打了牙祭。当然，它们也没让我好过，我烧心反胃了好一阵子。

养了9个月的羊，我对它们总算有了些了解。羊这种动物是很记仇的，哪怕是死也要给你添个堵。

羊知道人类胃浅，所以它们绝对不会以简单清爽的方式死掉，比如心脏病或中风。不，这些死法都太卫生，达不到令人作呕的效果。羊固有一死，死了必要让人胆战心惊，那才叫死得其所。所以它们会调皮地把头伸进畜栏，而后把整个脑袋锯下来。要么就让自己从屁股到头慢慢烂掉，要么就得个什么病，让小羊羔的嘴里长满疣子。总之，要死得惊天地泣鬼神，让英国电影与电视艺术学院恨不得给它们颁个奖。还记得亚利克·吉尼斯在电影《桂河大桥》结尾是怎么死的吗？对，就是那种效果。加上个出血性肠炎。

我这群羊一到家就看出来了，我正是那种恨不得把饼干当饭吃的家伙。吃准了这一点，它们就不再把我当回事了。所以当我把它们从一个羊场赶到另一个羊场时，它们果真温驯得像一群羊。可等我关上大门回家之后，它们就翻墙而过，重新回到第一个羊场。你们知不知道羊很会跳高？这么跟你们说吧，要是一只羊觉得跳高高就能把你气个半死，那它准能把全国越野障碍赛的冠军奖杯给你赢回来。

后来我买了一架无人机，经过设置，从那上面的扬声器里可以放出狗叫的声音。头一天这玩意儿确实管用，可再往后就不灵了。那群羊无动于衷地站在原地，盯着它看。没办法，我只好靠两条腿去赶。等我步履艰难地回到家，累得肺都悬到嗓子眼了，它们又从墙上跳出去了。

到今天，我的牧场上已经有 142 只活蹦乱跳的小羊羔，且个个看上去都很好吃的样子。经常散步从附近经过的那些人，还是不愿意给他们那些讨厌的狗子拴上绳子，不过起码在我瞪他们的时候，他们多多少少能表现出一点不好意思。但最令人头疼的问题并不是狗，而是母羊们。

上周有只母羊好像突然悟出了舍不得孩子套不着狼的道理：要想把我惹恼，可能得牺牲它的羊羔子。结果我便发现那可怜的小东西被困在一片树篱中，又冷又饿，瑟瑟发抖。我尝试用各种手段让它们母子团聚都徒劳无功。那只母羊死活就是不认自己的孩子，甚至还无情地把我和那可怜的小羊羔顶了几个仰八叉。

不得已，我只好把小羊羔带进谷仓，在靠近烧柴炉的地方给它铺个窝，然后自己拿着几瓶热奶整晚守着它。可到了早上它还是死了，因为它是羊嘛，它想让我难受一下。

唯一的好消息是，经济上我损失不大。因为脱欧和新冠肺炎疫情的双重影响，羔羊价格下跌至和一桶原油差不多——每只 -30 英镑。

不过，起码我体验了一把在"第三战俘营"[1]里当看守的滋味。因为那些羊即便站在最富饶奢华的草场，满脑子想的也还是如何逃跑。如果它们是人的话，那必定也是戈登·杰克逊、查尔斯·布朗森和史蒂夫·麦奎因[2]这样的

1　第三战俘营："二战"期间纳粹德国为了关押盟军飞行员战俘，专门在今天波兰境内的西里西亚萨冈建立了几个战俘营，其中第三战俘营规模最大，战争期间曾发生过战俘挖地道越狱的事件。
2　这三人均为电影演员，他们共同出演过一部以战俘营越狱事件改编的电影《大逃亡》。

角色。

这群羊每天都在寻找围栏上的漏洞，并密切关注我的行踪。我非常肯定它们正在偷偷把那道长长的牧场围墙改造成简易的鞍马，并不是说它们一门心思想逃离此地。这是最好的牧场，最好的草地啊。不，它们只是想跑到公路上去，好被汽车撞死，撞得粉身碎骨，血肉模糊。

它们最近玩的把戏更让人恼火。鬼知道是打哪儿学的，又或者是无师自通，总之这群小羊莫名其妙地学会了开鸡舍的门。我一个拥有对生拇指的灵长类，想打开那门都不容易呢，因为插销紧得很。那些羊却能做到，还是在半夜打开鸡舍门。于是母鸡溜了出去，然后成为自然界第二记仇的动物——狐狸的夜宵。

我想不明白绵羊为什么要去开鸡舍的门。它们一不偷鸡蛋，二不偷鸡。思来想去，也许只有一种解释说得通——它们纯粹是为了找乐子。看着母鸡们被狐狸吃掉，它们一定幸灾乐祸、扬扬自得。而母鸡们被吃又能给我惹一肚子火气，这无疑会令它们加倍快乐。真可谓一箭双雕。

同样气人的还有水罐车。它们撞坏了出水阀，结果让水白白流了一地。这意味着，我要么把水阀修好重新运水，要么眼睁睁看着它们活活渴死。反正对它们来说这是双赢。

昨天夜里它们咬断了给电篱笆供电的电线。你以为它们是想逃出去？不。它们只是想给我添乱，好叫我干不成手里的活。

修电篱笆的时候，我注意到一只小羊羔有点古怪。它的两只耳朵全都没了。这怎么可能？正当我双手叉腰站在那里纳闷时，我突然理解了上学时我的老师们的心境。正如现在的我面对一群让人头疼的羊，他们当年也一定被我和我那群调皮捣蛋的同学折腾得焦头烂额吧？"克拉克森，你把亚麻籽油抹到学校的鸬鹚身上干什么？"

我算看透了，羊就是一群长了毛的青少年，所以才会那么讨厌。

Summer

夏

June

六 月

收起电锯，让哥斯拉出马

有人推测，因为疫情在家里憋了好几个月的人们会开始向往田园生活。许多人说，未来他们将不再需要城市和沙滩，因为哪怕一小片树林也有享受不尽的乐趣。

不知道我的女友莉萨是否认同这种观点。她以前在瑞士的阿尔卑斯山、西班牙的马略卡岛以及伦敦都有自己的家。她还一时心血来潮横渡过大西洋，在特立尼达岛的某片海滩上住过一阵子。她的管家都有自己的管家。还记得不久前有架里尔喷气机坠落在西伦敦 A40 公路上的新闻吗？当时她就在那架飞机上。

但就在我埋头写作的工夫，她却一个人在菜地里忙得不亦乐乎。她穿着运动短裤、毛茸茸的 UGG 靴子，背心已经湿透，因为她试图顶着大风移动喷淋器的位置。现在她正跪趴在地上，把那些零零碎碎的马粪戳进土里，并希望这能帮助韭葱和甜菜根抵御甲虫、小鸟和霉病的轮番袭扰。

最近，艾伦·蒂施马奇[1] 在《泰晤士报》上说，所有植物都渴望生长，"关键是我们不要阻碍它们的生长"。这个艾伦，真是一派胡言。

莉萨很喜欢种菜的主意，条件是所有的前期工作都由村子里的一个伙计完成，而她只需要在夏日的傍晚，挎上篮子，提着喷壶到菜地里转转。可眼下残酷的现实与她小清新的幻想有着天壤之别。因为我们是真的要种菜，事必躬亲地种菜。因此我怀疑，等街上的饭店重新开始营业，她立马就会跑到斯隆广场，然后像颗 1.8 米高的炮弹一样冲进科尔伯特咖啡馆的大门。

当然，我很可能会跟她一块儿去。因为就在上周末，我决定到林子里试试伐木的工作。然而事实证明，有些事不是谁都能尝试的，就像不是谁都干得了水下钻井维护一样。

男人都觉得自己可以操纵电锯，而且每个男人还都想

1　艾伦·蒂施马奇（Alan Titchmarsh）：英国著名的园艺专家。

上去试一把。因为那是最男人的工作。你把一台电锯塞到尼古拉斯·维切尔[1]的手上，他瞬间就变得和施瓦辛格一样威猛。要是尼克（尼古拉斯的昵称）手里晃悠的不是话筒，而是一台电锯，那查尔斯王子就绝对不可能说出"我真受不了这家伙"的话。

要是你手里拎了台电锯，那你就是最霸道的王者。假如你彬彬有礼地找到埃隆·马斯克，让他把特斯拉的绝对控股权卖给你，他肯定会让你滚蛋。可你要是拿着一台电锯当面问他，特斯拉分分钟就是你的了。

可惜你没机会挥舞电锯，因为启动这玩意儿比登天还难。你拽着启动绳拉了一次又一次——别奇怪，我用大白话说的电锯，在专业人士眼中叫油锯，是烧油的——胳膊都快拉脱臼了，那东西却纹丝不动。这时你才想起忘记开保险栓了，得按下保险栓之后马达才能启动。

不幸的是电锯上还有个安全手柄，所以你要一边拉下安全手柄，一边扶稳机器，一边再去拉启动绳。现代电锯上的安全装置比波音飞机上的还要多。

1　尼古拉斯·维切尔（Nicholas Witchell）：BBC 公司的王室事务记者。

这样一番折腾，你不由得浑身燥热，汗流浃背，不得不摘掉安全帽，因为汗水总是淌进眼睛里。接着你还得脱掉手套，因为戴着手套很难操作安全开关。等你骂尽脏话，锯子才终于嗡嗡嗡地叫唤起来。

而锯子启动之后你会发现，操纵电锯和你想象中的完全不同。你会感到超级恐怖，因为你清楚地知道，它随时都可能脱离你的双手，反过来锯掉你的脑袋。于是你小心翼翼地拿着它走向你准备开刀的那棵树，下一秒你却掉进了獾的洞穴。因为地上长满荨麻，你根本看不清路。

都说人在摔倒的时候身体会失控，但一个双手举着电锯的人不会。就像一个人手里拿着手机掉进海里，他势必会想方设法把手机举到水面之上。

美国有个乐队叫管子乐队（The Tubes），起初一直不温不火。它的乐队主唱名叫费·魏比尔，艺名叫基·路德。有一天他突发奇想，决定拿着一台电锯上台演出。大家都充满好奇，想亲眼看看。我也不例外，所以我就去了现场——莱斯特的德蒙福特音乐厅。那天晚上他踩着一双用旧番茄汁罐子制作的厚底鞋，结果演出时发生了意外。其实他只需伸出胳膊撑一下或许就能化险为夷，但他的双手要牢牢控制住电锯，所以，他只能硬生生地摔了下去。意外造成他右腿腓骨螺旋形骨折，那次巡演不得不提前收场。但乐队凭借这次意外名声大噪。

说回正题。獾的洞穴里遍布荆棘，刮得我满脸是伤，但我很快爬出来，走到要锯的树跟前，准备开工。马达发出震天怒吼，接着却突然哑了。该死的，锯被卡住了。要拔出锯片，我得稍微抬高树枝，这就意味着我不得不单手拿着电锯。我不确定操作手册上是否建议这么做。

我还发现另外一个问题，不管你离要锯的树或树枝有多近，最后它总会、必然会砸到你的脑袋上，毫无例外。

我大汗淋漓地展示了半小时我的男子气概，随后突然意识到，我根本不知道自己伐木的初衷是什么。是想让林间的地面接收更多的阳光还是更少的阳光？是想阻止还是扩大荆棘的蔓延？林地管理听起来似乎非常重要，但要当这个管理人，你首先得知道自己在干什么。而我拿着电锯站在树前时，忽然感觉自己就像马特·汉考克[1]。

1　马特·汉考克（Matt Hancock）：英国前卫生大臣，引咎辞职。此处讽刺他尸位素餐，不干正事。

于是我就给约翰迪尔公司[1]打电话，他们派了一台大家伙过来。那恐怕是世界上最厉害的机器，尼米兹航母级的毁灭者。它的模样就像《星球大战》里的战列巡洋舰和剪刀手爱德华结合生下的怪胎。不过它干起活来真叫人叹为观止。操作员把机器开到树跟前，告诉它这是什么类型的树。四分之一秒后，它已经完成了一系列数学运算，确定了树干能产出多少板材。随后它放倒树干，一段一段完成切割。即便是林子里最大的树，不出三秒就能变成一堆木材。

一两个钟头之后，我带着午饭到附近的小山上野餐。回头遥望小树林，那里面仿佛有一头正在大发雷霆的哥斯拉。

两天后，我的林子已经面目全非。地上到处覆盖着厚厚的锯木屑，空气中弥漫着浓浓的柴油味儿，切割工整的原木比比皆是，得有成千上万根吧。当我提着我那不起眼的电锯站在林场，我深刻地认识到，这小东西只配去锯毒

1　约翰迪尔公司：美国一家位列世界500强的农机制造企业，世界领先的农业和林业领域先进产品和服务供应商，同时也制造和销售重型设备发动机。

枭的胳膊。那个操纵哥斯拉的司机对我说，请他们帮忙绝对是明智之举。

新的环境对小鹿、蝴蝶、蜜蜂、花花草草以及剩下的树木都有好处。况且我还可以把伐下来的木材卖给肯特郡的一座新的绿色电站，小赚 3000 英镑。挺好，九月份我是打算到科尔伯特咖啡馆吃午餐的，这下饭钱有了。

到处都是水，唯独我需要的地方没有

对于一个雨水充沛到离谱的国家，英国在治水方面的无能是出了名的。

我们在大坝和水库上投入了大笔资金。我们以为好的工业环境会给北方工厂带来成千上万的工人，然而时运不济，停工令一下，工厂关门歇业，工人又跑南方去了。

目前德比郡有27座水库，兰开夏郡有26座，约克郡有110座，赫特福德郡有1座，肯特郡有2座，汉普郡一座也没有，而且以后也不会有。原因很简单，从亥克蒙德威克赶走艾伯特·阿克赖特[1]和他的小灵狗容易，但从奥迪厄姆赶走像佛斯灵顿·索贝那样的社会名流，简直就是痴人说梦。

1　英国喜剧《永远开门》（*Open All Hours*）中的角色。

我们知道淡水的密度比海水低，因此曾有人提出过一个很有想象力的计划，即用超级塑料袋从北方那些大型水库中装水，随后让它们从北海一路漂到泰晤士河河口。不过这点子实在太聪明绝顶，太振奋人心，所以我们还是颁布软管禁令[1]好了。接受现实吧，水龙头里流出来的每一滴水都历尽千辛万苦，甚至可能光顾过六七个人的膀胱。

我的不足道农场也面临类似的问题。我在农场上发现了 10 处泉眼，但没有一处的位置让我满意。

19 世纪，这片土地曾经的一任主人在农场安装了抽水机，把水从其中一条小溪抽到位于农场最高处的水箱，而后让水在高低差的作用下沿着埋在地下的管道网络流到他在每一块地里预先铺好的水槽中。真高明！但那个笨蛋从来没有留下过一张详细的图纸，谁也不知道管道和水箱埋在哪里。

有个叫查利的邻居，脑子可能不太正常。他建议我试试古老的探水秘术，就是拿两个铁丝衣架在地里瞎转。我个人认为，地脉风水以及占星之术都是忽悠人的玩意儿。

1　软管禁令是英国在天气干旱、水库存水不足时为缓解用水紧张而颁布的法令，即禁止居民在水龙头上连接软管浇花、浇菜或洗车之类的做法。

地下有没有水，单凭两个破衣架是不可能找到的。可结果却令我大跌眼镜。

真不可思议。铁丝衣架在我手里乱晃，最后神奇地交叉在一起。我立刻发动小挖掘机，结果真的挖到了管道。随后顺藤摸瓜，终于发现了遍布农场的整个管道网络。庞大的维多利亚式地下抽水机依然健在。因此，我要做的就是把山顶的水箱灌满水，让输水管道重新焕发生机。

以前的抽水机用的是真皮材料，靠人力抽水。干这种差事的一般是牙都掉光了的老年人。不过破抽水机早就不见踪影，我装了一台新的，并用我的兰博基尼拖拉机犁出一条足有三里地长的沟渠，现在那些水槽终于可以正常使用了。

可结果是我根本不需要。现代化的农业管理、化肥的使用以及大型拖拉机的普及早就改变了农场的经营方式。这套供水系统在今天根本派不上用场。我那地里除了牛至、兰花草、蝴蝶和在地上筑巢的鸟类，就再也没有别的东西。即便没有这套地下供水系统，它们也照样郁郁葱葱、生机勃勃。

比较棘手的是我的菜地。在这个地区种菜实非明智之举。土壤不合适，海拔又高，四周无遮无拦，大部分时间温度都在冰点以下。这一带的夏季短得要命，差不多也就是 7 月 2 日的上午 10 点开始，吃过午饭就入秋了。

不过，去年在几乎所有人都不看好的情况下，我种了 12 亩的土豆试验田，用事实打了他们所有人的脸。我种的土豆长得挺好，最后收了 40 吨呢。

新冠疫情暴发后，商店出现恐慌性抢购，国与国之间也关闭了边境。当时我脑子一热，又有了新的想法。既然人们买不到进口蔬菜，封控期间出行又受到诸多限制，有时候人们连近在咫尺的肯特郡的菜都买不到，那干脆我自己种些得了。没错，我要当奇平诺顿的"蚕豆大王"。当你半夜三更需要洋葱的时候，我就是你该找的人。

我的土地经纪人听了不由得扬起眉毛，说这个想法很傻很天真。"哈！"我不屑地冷笑一声，那种自信，仿佛我在诺丁山上修炼了 20 年。我指着近处一块打算种春大麦的地解释说，因为去年秋季那场大雨，所有人恐怕都会种同样的作物。他表示同意。这时我才抛出我的撒手锏，表明我是一个以理服人的人。春大麦的主要用途是酿啤酒，如今酒吧全都关门歇业，啤酒需求量大幅下降，种那么多春大麦还有什么用呢？"相比之下还是种菜保险。"我扬扬得意地说。

下菜苗是件相当麻烦的事情。我买了一台可能是中世纪造的栽植机，结果是拍大腿吓老虎，一点没用。我和莉萨只好亲自动手。当然，我只是陪衬。看她干得热火朝天，好像还乐在其中，我决定一直陪衬下去。

去年，可怕的跳甲[1]毁了我61亩油菜，而我又拿它们毫无办法，因为布鲁塞尔[2]的某些家伙不允许我对它们下毒手（我找谁说理去）。所以那片土地就闲置了下来。这是图什么呢？何不种点南瓜，万圣节的时候好做南瓜灯；要么种点薰衣草，做成香包放到你们家的内衣抽屉里；或者种向日葵，这东西能干什么用，我也不知道。

莉萨受不了了。虽说老眼昏花，但我还能看得出来。因为她冲我翻了上万次白眼，把房门摔得像打加农炮，后来干脆赌气一个人徒步去了，丢下我可怜巴巴地守着85亩菜地。凡是窗口有花坛的人家大概都和我一样的心情。

1　跳甲俗称"土崩子"。以危害十字花科蔬菜为主，亦危害茄果类、瓜类、豆类蔬菜。春秋两季危害较大。
2　这里指代总部位于布鲁塞尔的欧盟委员会，因为杀灭跳甲需要使用新烟碱农药，而这在欧盟范围内是明令禁止的。

我们现在最需要的就是时不时来场雨了……

这一年，我们经历了从 1884 年有记录以来第五个最温暖的四月。五月初开始降温，可还是没下雨。我都不记得上一场雨是什么时候下的了。大地干渴，露出道道裂纹。我的农场快要变成一个大号的猫砂盆了。

泉眼倒是从没断流过，成吨成吨的水被我的抽水机输入地下供水系统，可惜最终流到了根本不缺水的田地。

无奈，我只好放大招了。有一种自动埋管机，乡下人叫它鼹鼠。我弄了一台过来，并找人帮忙安装在我的拖拉机后面——我到现在还不能独立挂辅具——重新铺了一条水管直通另一块亟须灌溉的土地。回头我得抽时间把水管的位置走向画到地图上。埋好水管，接上喷淋器，大功告成。只是现在喷淋器好像出了点问题，鬼知道什么原因。

不过另一块地比较麻烦，离得远不说，中间还隔着一条小路。别人可不会答应让我在路上挖沟。所以我就买了一台真空水罐车，从小溪中抽水，然后喷到菜地里去。既然是喷洒，那就雨露均沾了。我的菜地倒是郁郁葱葱起来，只是一棵菜，九棵蓟[1]。现在再看《恋恋山城》，觉得那不是电影，是纪录片。

昨天夜里多贪了几杯，似醉非醉之时我又突发奇想，能不能把气垫船当饮水机用？不过这想法到了今天早上便不得不束之高阁。因为我不知不觉间已经在菜地投入了大量资金，回头我那蚕豆每颗得卖到17英镑才能把本儿捞回来呢。这价格就算跑到戴尔斯福特[2]也不过如此了。

思来想去，恐怕办法只有一个：我去找唐纳德·萨瑟兰和凯特·布什[3]，把他们发明的人工降雨机器的图纸借过来瞧瞧。

1　蓟（jì）：野生植物，叶有刺，花呈紫色、黄色或白色，为苏格兰民族象征。

2　戴尔斯福特：澳大利亚墨尔本附近的一个温泉小镇。

3　唐纳德·萨瑟兰（Donald Sutherland）：加拿大男演员，曾主演过冯小刚导演的《大腕》。凯特·布什为英国著名女歌手，萨瑟兰参与了她的单曲《暴风雨》的 MV 拍摄，故事中有两人发明人工降雨机器的情节。

July

七 月

挑战荒野

真不知道我这辈子都干了些什么。一个人年过花甲，对树木居然一窍不通。真的，我这方面的知识储备为零。我对简·奥斯汀的了解可能比这还要多些，尽管我只知道她姓奥斯汀，教名为简，写过一个叫艾曼纽的放纵不羁的年轻姑娘。

散步的时候，我肯定偶尔听人说起过我们见到的那些树木，但估计我的大脑自带过滤器，把和树有关的话题一律转换成了尴尬的沉默。结果就是我至今分不清橡树和白蜡，也分不清云杉和落叶松。它们在我眼里差不多都一样：绿色的叶子，褐色的枝干，身上裹着一层树皮。就连圣诞树也只有上面挂满饰品和礼物我才认得出来。

可我的农场有近600亩的林地。过去这9个月，鉴于我已经下定决心要在土里刨生活，便硬着头皮学了一些林业知识。不过奇怪的是，每当我和某个缺了几根手指的林业工人——干他们这一行，十根指头全都保住的人不多——走进幽暗的林间，他刚说了句"橡树的特征是……"，我的大脑便"哔"的一声，把他的声音给屏蔽了。上学时在化学课上我也有这毛病：你说得唾沫横飞，我自充耳不闻。

即便如此，我还是有收获的。首先，一棵树倘若没有人类的保护，是无法存活下去的。比如，你栽下一棵小树苗却不管不顾，那它要不了一周就被小鹿或野兔啃死了。

为了避免这种情况，你得在细小的树干上裹一层塑料保护膜。这种膜结实耐用，号称百年不腐千年不烂，但人家设计的是只要树干长到斑比和桑普[1]拿它们没辙的时候就自动裂开。

你以为这就可以高枕无忧了吗？错。树木长到这个程度，灰松鼠就该来了。这些"灰孙子"能把树皮完整地扒去60厘米。树皮出现断带的树很容易感染病菌死亡，要么就生长迟缓，被周围其他的树木压得抬不起头。由于得

1　这里指的还是小鹿和兔子。《小鹿斑比》中斑比的好朋友桑普是只兔子。

不到足够的光照，它们最终的结局还是死掉。

我也搞不懂这些树是怎么活下来的，总之肯定会有一部分长成参天大树，只是这个过程旷日持久，你和你的孩子恐怕都熬不过它们，所以最终的收益也说不准会落到谁手里。

我可不想把好处都留给别人，所以最近我种了 20 棵树——不知道是什么树，反正都是棕的皮绿的叶——个个都有近 8 米高。这 20 棵树，每一棵的价格甚至超过市面上大部分的两厢轿车。把它们运来用了一个货车车队，运输时树根被妥善保护了起来，而后用吊车把它们一个个放进用 21 吨挖掘机挖出的树坑里。这就叫野化，只不过费了点柴油。从今往后，这些树能不能活就全靠我了。

这个责任可太大了。一周两次，我得用一根像排气筒一样从地里伸出来的管子，先给树根浇上整整 25 升水，再给树干喷 25 升水。

地里没有可取之水，这表示我首先要往水箱里灌 1000 升水，然后花两小时把水分成 20 份，浇到该浇的地方。不这么做，或做得太过敷衍，我那些树就会死，所以我干得万分小心。可从实际效果看，这些树十有八九是活不成了。

这可能——也可能不是——和一波大范围的林木病害有关。接下来的问题更严重，上次竞选之前，各主要政党，包括自由民主党，纷纷承诺要大面积植树造林，好让那个叫格蕾塔·桑伯格[1]的小丫头闭嘴。

最终保守党赢了。他们夸下海口说，到2025年，每年的植树量要达到近3000万棵，平均下来就是每天82000棵。抛开让谁种树这个问题先不谈，更大的问题是，现在英国已经脱欧，我们每年从哪儿搞来这3000万棵树苗呢？

显然，得从国外进口。可进口树苗难免会带来新的害虫和真菌。对于毫无免疫的本地树苗而言，这无疑是灭顶之灾。荷兰榆树病是从加拿大来的。枯梢病是从欧洲大陆来的。也就是说，为了一个浮夸的政治承诺，我们不惜从芬兰引进树苗，哪怕里面只要出现一棵病树就有可能害死——根据最新的估算——7200万棵本地树。

---

1 格蕾塔·桑伯格（Greta Thunberg）：出生于2003年，瑞典环保主义者。于2018年夏天发起"星期五为了未来"的气候保护活动，迅速蔓延到多个欧洲国家。被《时代》周刊评选为2019年"年度人物"。

况且还有另外一个问题。我们并不是培育出了3000万棵新的树苗，而只是把它们从别的地方移栽到英国。几乎可以肯定的是，这些树迟早会死掉，害死它们的可能是野兔、小鹿或疾病，也可能是同类——其他树木为了生存，势必要和它们展开激烈竞争；当然，还可能死在我手里。

有朝一日你也做了乡下人，你就会发现，每一个真正的乡下人走进一片林地时都会说出同样的话。"嗯，"他们会咕哝着，"间距太小了，得伐一批。"我的护林员、拖拉机司机以及土地经纪人都这么说。

因此，一周之内，我在61亩大小的一片林地上伐出了200吨木材。当我把那台约翰迪尔巨型伐木机的照片贴到我的照片墙[1]上时，我那仅有的4个少女粉丝对我进行了凶猛无情的抨击。我一下子变得比麦当劳还要可恶。我在毁掉她们的未来，葬送她们的子孙后代。我乱砍滥伐的行为该遭受千夫所指、万人唾骂。这是比种族主义还要恶劣的罪行。

1　一款基于图片分享的社交应用平台。

不过神奇的是，林地的整体面貌根本看不出什么变化。和过去唯一不同的地方可能是阳光终于能洒在林间的地表，这必然会促进新的生长。

以前我曾在林中走过，那里阴森昏暗，很适合做《女巫布莱尔》[1]的取景地。说不定他们就是在这儿拍的。不过如今好了，树林里又有了处处可见的荨麻，阔别20多年的荆棘丛也回来了。虽然伐掉了一批树，但我让这片林地重新焕发了生机。

这样的树林对小鹿和野兔都好，对松鼠也好，对我刚刚引进的25万只蜜蜂更好。树林里长满了各种各样的小花。我对花草的认识甚至不如树。另外，护林员还告诉我，以后这里会变成我的狩猎天堂。

1　1999年上映的一部小成本美国恐怖片，故事发生于美国马里兰州小镇布齐兹维尔的森林中。

激动人心的新爱好：养蜂

大家都喜欢摩根·弗里曼。告诉你一件事，说不定你会更喜欢他。最近听说他把自己位于密西西比的一块 753 亩的土地改造成了蜜蜂保护区。

几乎没有人怀疑，蜜蜂是对人类有益的昆虫。保护蜜蜂甚至比禁止向海洋中乱丢塑料瓶或者拒绝买路虎车都更有意义。

有一部非常优秀的纪录片名叫《生命的法则》，它说在每一个微小的生态系统中，都有一个关键物种。比如，太平洋西北沿岸的潮汐潭。你把潭中的所有藤壶清理干净，对潮汐潭的影响微乎其微。清理掉其他生物，结果大同小异。但唯独有一样东西不能清理，那就是海星。倘若没有了海星，要不了多久，潭中将只剩下贻贝，而不会再有其他生物，因为海星的职能是捕食贻贝。

纪录片的制作者带领我们在全世界进行了一场探索之旅，用事实说明了这个理论放之四海而皆准。他们最后来到塞伦盖蒂平原，发现那里每一样生物的存在都与角马息息相关。也就是说除非角马始终保持一个庞大的数量，否则其他生物都将无法生存。

回到蜜蜂的问题上。倘若蜜蜂灭绝，过不了多久，为了活命你可能就要开始舔食你家地窖里的苔藓，或为了半罐猫粮杀掉你的邻居。

美国每年有价值约200亿英镑的农作物生产都离不开蜜蜂。蜜蜂是一切的基石，是我们这个星球上的关键物种。然而近几年来，欧洲蜜蜂的数量却在以令人担忧的速度减少。我觉得该做点什么，比如也学学摩根·弗里曼。因此我决定，我的农场上也要有蜜蜂的一席之地。

为此，我在春大麦田地的中间开辟了一条45米宽的野花带，并在三周前买了25万只蜜蜂。

负责运送蜜蜂的是个叫维克托的乌克兰人。他说我需要每两天检查一次蜜蜂的情况。我照做了。我站在林中放置蜂箱的地方，看着无数蜜蜂忙碌地飞来飞去。然而片刻之后我突然意识到，我根本不知道自己要看什么。这就好比让我自己检查前列腺，怎么算正常，怎么算不正常？

我看了很多书之后才知道，蜜蜂在野外发现蜜源后，会兴奋不已地返回蜂巢，当着大伙儿的面跳一段信息量颇为丰富的摇摆舞。通过这段舞蹈它能把蜜源所在的方位和大致距离向同伴汇报得清清楚楚。

蜜蜂会计算飞行这段距离需要多少能量，回程需要多少食物，毕竟回程时它们的携粉足上会沾满花粉。当然，这些体力活都是雌蜂干的，雄蜂啥也不干，就待在蜂巢里，只待蜂后一声令下，它们便争先恐后地前去侍寝。

人类恐怕永远都无法理解蜂巢内部的运作模式。但有一点可以肯定：这些小东西有一套独具特色的社会体系。与之相比，奥地利人都显得自由散漫，无组织无纪律。即便在酷热的天气里，它们也能让蜂巢温度维持在 35 摄氏度，方法是在蜂巢的某些地方扇动翅膀增加空气流通。但这一举动并非毫无节制，因为它们很清楚只有在空气水分含量为 17% 的条件下才能制作蜂蜜。

啊，蜂蜜。美食中的美食。搞笑的是，政府制定的食品标准要求商业养蜂人在蜜罐上标注"最佳食用日期"。我的乌克兰朋友维克托也搞了些标签，上面印的是"世界末日之前食用最佳"。

可他这话也不够严谨，因为蜂蜜是永远不会变质的。要是法老当年在金字塔里埋上一罐蜂蜜，今天挖出来也照样好吃得让你直流眼泪。

我埋头书海，研究了一个星期的蜜蜂，最终得出结论：《星际迷航》里博格人[1]的形象绝对是从蜜蜂身上找到的灵感。于是我就把《星际迷航》看了一遍。看完之后发现，每次去查看蜂箱时，我依然不知道要查看些什么。

我不得不让维克托回来指导一二。他就像摩根·弗里曼一样，不穿任何防护服。摩根说只要你和蜜蜂心灵相通，它们就不会蜇你。维克托说他被蜇是家常便饭，早就不在乎了。而我，则穿得像尼尔·阿姆斯特朗[2]。

我们打开第一个蜂箱。说实话，当时我就愣住了。惊诧、喜悦，我差点双膝一软跪下去。我在书上看过，一只蜜蜂在它6个星期的生命中仅能制作出十二分之一茶匙的蜂蜜。而要制作450克蜂蜜，蜜蜂则需要飞行大约14.5万

1 《星际迷航》是由美国派拉蒙影视制作的科幻影视系列。博格人是该影视中虚构的一个宇宙种族，是一种半有机半机械的生化人。
2 美国宇航员，也是第一个踏上月球的宇航员。

公里。养蜂才 3 个星期，我并没有抱太高期望。

但现在单单最上面一个抽屉就重得让我搬不动了。维克托朝蜂群吹烟，说这样能让它们平静 —— 我也搞不懂为什么 —— 反正我趁机从抽屉里抽出一片巢框，或者说"晚餐"，那上面轻轻松松就能刮下 900 多克蜂蜜。也就是说，这一个抽屉就能产出 9 千克蜂蜜。每个蜂箱 4 个抽屉，我一共有 5 个蜂箱，粗算一下就是 181 千克蜂蜜。仅仅 21 天啊。它们修筑蜂巢，还造出了能把一座苏格兰城堡的地板全都打一遍的蜜蜡。

随后我又了解到，要时刻关注蜂巢出现异常发育的情况。而这项工作难度挺高，因为所谓的异常和正常看起来没什么两样。我们得寻找新蜂后出现的证据，一旦新的蜂后产生，半数的蜂群会随之迁移，说白了就是"滚蛋"了。

可我连现有的蜂后都找不到。维克托说她和其他蜜蜂看起来完全不同，可等他抓到蜂后时，她看上去和其他蜜蜂又别无二致。一辆大众汽车和一支铅笔才叫完全不同。可这只蜂后只不过大了点，但是……哎哟！

当我仔细观察这只蜂后时，一只工蜂在我的防护服裤脚与鞋帮子之间发现了一道 2 毫米宽的缝隙。她总算找到可乘之机，于是像个视死如归的敢死队队员一样对我发动了猛烈攻击。

蜜蜂蜇人之后就活不了多久了，为了挣脱，她的刺会被从肚子里拔出来。你说她这是何必呢？想不通。

可我很清楚的是，她的毒素释放出来的气息会让 25 万只蜜蜂集体发失心疯。我小声呜咽着，连蹦带跳躲到车里寻找庇护。最终我的摄影师脸上被蜇了两下，导演鼻子上也被蜇了一下。现在三天过去了，我的脚后跟仍在隐隐作痛，害得我什么心思都没有。

但被蜇也是值得的，毕竟现在我也是生态卫士了。而且自从吃了我家自产的蜂蜜，我就再也没得过花粉病。

另外，我还学会了怎么把碗碟整齐地摆进洗碗机，学会了如何拒绝第二杯酒。稍后我要亲自洗车，亲自整理卧室。抗拒是没用的。

一台杰西博挖掘机，打造一片生态湿地

英国人在维多利亚时代形成了对花园的基本共识：花园应该比布罗迪小姐[1]的内衣抽屉还要整洁，还要井井有条。然而此一时彼一时。现如今，一个花园倘若收拾得太过整洁，人们会觉得那是在破坏生态环境。因为自然的事情就该顺其自然。这被称为"野化"，如今是新的头等大事。

如果一棵树倒下了，你就把它丢在原地，让它变成甲虫的乐园。如果一只动物死了，别管它，拿衣夹夹住鼻子，等食腐的鸟类把尸体吞食干净。你得学会爱上蓟草、荆棘和荨麻，为了能让它们疯长，你得狠下心肠砸烂自己

1　英国著名女作家缪丽尔·斯帕克的作品《布罗迪小姐的青春》中的人物。

的剪草机。这种思潮已经成为卢德分子[1]讨伐他人的工具。

在农业中，已经有人提出，公共资金只能用于生产公共产品。换句话说，我给人类种粮食就别指望得到政府补贴了，除非我去伺候蝾螈[2]。

智利就干过类似的事情。种树的地主总能轻易得到大量的补助资金。可他们通常的做法是砍掉古老的森林卖木材，而后用纳税人的钱种上单一的商品型林木。所谓的生态多样化在他们眼里屁都不算。

这些事真让我惊掉了下巴。因为原先我并不相信那片大陆上还有没被砍伐的森林。几年前我去火地岛，那里的破坏程度令我大为震惊。想象一下某个地方同时遭受了原子弹和飓风的袭击。对，就是那个鬼样。有时候方圆好几公里都找不到一棵站着的树。它们全死了。

所有这一切——和你在生态网站上看到的截然相反——都是1946年阿根廷野化工程的直接后果。当时他

1　卢德分子指的是一群强烈反对自动化和机械化的人。他们大多反智，不希望发展机器，不希望机器取代人类的工作，不希望机器影响人类的生活，挤占人类的生存空间。
2　蝾螈，俗名水蜥，有尾两栖动物，体形和蜥蜴相似，但体表没有鳞，靠皮肤吸收水分，因此生活在潮湿的环境中。蝾螈也是不错的观赏动物。

们从加拿大引进了 10 对海狸。而今这些动物的数量已经超过 10 万只，且最近有研究表明，正是这些动物导致了亚南极地区森林面貌上万年来最大的改变。

随着环境问题的日益突出，一个名叫费利佩·圭拉·迪亚兹的智利环保主义者开始呼吁"拒海狸于境外"。没戏。"它们可不管什么边境不边境，"他说，"实际上它们连边境篱笆都给啃了。"

这类事情是有先例可循的。美国人建立黄石国家公园时，专家们考虑到游客可能并不想被吃掉，于是把狼全部赶了出去。没有了狼，麋鹿大量繁殖。它们几乎吃光了所有的山杨和柳树，由此导致其他不计其数的物种迁移或灭绝，包括海狸。

事实就是，政府根本不知道他们在干什么。我说的是那个追踪定位 App[1]，难道真有人觉得那玩意儿管用？

但我们所有人都不排斥让生活回归一点自然。所以，我决定在自家的农场上开辟一片湿地（别嚷嚷了，我没拿

1　2020 年，英国国民保健署发布了一款用于新冠疫情防控的追踪定位 App，旨在筛查哪些人与阳性病例有过密切接触，从而确定哪些人需要隔离，哪些人不需要。

补助金）。我的规划是在一条小溪上修一道小型水坝，形成一片小池塘，让它周围长满芦苇和鸢尾花。小菜一碟。

问题是，你以为溪流或泉眼在你的农场上你就可以对它们为所欲为吗？对于私人农场上的水源，能干什么，不能干什么，政府才更有发言权。你连一条小径的走向都不能随意改变，更别说河道了。虽然允许你抽河水灌溉，用量却也是严格控制的。

在英国，如果你要修筑河岸，疏通河道，挖排水渠，变更锚地，修建水坝、鱼梁，哪怕你钓个鱼或停个船，都得跟那些开沃克斯豪尔汽车的人打交道——这车基本成了英国普通公务员的标配——他们批准了你才能干。

我努力争辩，我要改造的这条水道并不是河流，甚至连小溪都算不上。可是没用，来了一个勘察员，开着沃克斯豪尔。他在地里发现一小堆动物粪便，并推断这一带有可能是水田鼠的栖居地。这种啮齿类动物就像水生的蝙蝠，是受到保护的，因此我的工程不得不暂停下来。

但我可没那么容易善罢甘休。我在那一带设置了相机陷阱，成功拍到了在地里乱拉屎的动物。那不是水田鼠，只是普通的老鼠，所以我的野化项目又可以开工了。于是我发动了21吨杰西博挖掘机。没过多久，那一带便笼罩在柴油机美丽的蓝焰中，而你需要扯着嗓子才能穿透机器巨大的轰鸣。另外，光挖掘机的履带就已经把那里变得面目全非，看着活像萨姆·门德斯[1]要在这里拍《1917》的续集——《1918》。

我兴致勃勃，只是我开挖掘机的技术并没有我想象中那么出色，挖出的坑比预料的要深得多。那个挖斗真的很不好操纵啊，每次我只想在地面轻轻刮一层皮，结果却挖出一个1米多深的大坑。

我原本的计划是筑坝拦水，营造一片浅浅的水洼，降低水流的速度，好吸引一些野生动物到附近定居，从而形成一个天然的、和谐的、可持续发展的、具有动物多样性特点的生态群落。我要让环保主义者来到这里就忍不住想下跪，更要让国民保健署无话可说。况且湿地建成之后，还有助于防止下游发生洪灾。

可惜我挖的这个坑比澳大利亚的铀矿还要深。这样一

1　萨姆·门德斯（Sam Mendes）：英国导演。凭执导《美国丽人》获得过奥斯卡最佳导演奖。2019年执导的战争片《1917》上映，并于次年获得第77届美国电影电视金球奖最佳导演奖。

来，我要修的土堰可能比中国的三峡大坝还要雄伟。我跟开沃克斯豪尔那家伙申请的池塘可不是那种规模。

好在最终顺利完工，池塘长不到 50 米、宽不到 10 米，其中一头儿很浅，适合长芦苇等水草。我甚至还从另外一个池塘里移栽了一些带条纹的水草。看样子它们在新家也长得挺好。

我用太阳能水泵把水抽到岸上，好让野花种子能够发芽生长。我买了 250 条鳟鱼放入池塘。它们把海边的鸬鹚都吸引了过来。还有一窝水獭，也不知道是从哪儿来的。另外，还来了一只苍鹭。但苍鹭是天底下最懒的动物，它就站在岸边盯着水中的鱼，脑袋里可能在想："要是这堤岸没那么陡，又没那么烂的话，我就下去抓一条出来了。"

这是不是就够"野"了呢？可能还差点意思。尤其池塘周围架着阻挡水獭的电围栏，撒着防止鸬鹚靠近的网，水里还有防止鳟鱼被晒伤而投入的浮筒。听起来是不是很扯？我曾经也不信，可实际上真是这样。

昨天夜里我去喂鱼。那鱼食看着像兔子屎，闻着像印度的博帕尔城。我注意到水面上悬停着一只蜻蜓。它个头儿很大，身体鲜艳得犹如一块泛着金属光泽的绿松石。我激动坏了，因为如果没有我的努力，它是不可能出现在这里的。当然，也不可能被芦苇中突然飞出来的翠鸟一口吃掉。

August

八 月

给我的尚格云顿羊们剪羊毛

我最近才突然体会到，我那群羊就像一帮长了毛的青少年。它们傻乎乎地去冒各种险，又装作对一切都满不在乎的样子。它们故意跟人过不去，个个都是偏执狂，粗鲁无礼，天天净想着搞让人大翻白眼的破坏。我表示理解。毕竟在我十五六岁的年龄，路过一个灭火器都会手闲把它给打开，跟这群羊一个熊样。

一周前，我把它们赶到了一片长满嫩草的牧场。从那里不仅能远眺科茨沃尔德，连更远处的切尔特恩都望得见。这里简直是羊的天堂，可每一天，无一例外，它们会集体穿过电篱笆，跑到隔壁一点也不鲜美多汁的春大麦田里。

它们这么做有两个原因。一是它们知道，经过连续9个月恶劣天气的洗礼，大麦的利润空间已经被压缩到极

073

致，所以它们只要随便吃上几口，就能起到雪上加霜的效果。这群羊崽子巴不得我破产才好。另一个原因是它们很清楚，大麦这东西，吃多了是会死羊的，这也是它们活着的主要目标。能死多惨死多惨。要是羊会操纵机械，它们肯定羊手一台日本大马力摩托车。

上个星期，到了该剪羊毛的时候。你们可能以为我剪羊毛是为了卖钱。哈，格局小啦。

头一个问题是，往年满世界跑的澳大利亚和新西兰剪毛工，今年被新冠疫情挡在了外面，所以熟练工人的报酬涨了不少。初步估计每只羊要1.5英镑的人工费。而眼下一只羊剪下的羊毛能卖几个钱呢？

因为疫情，羊毛无法出口中国，本地制造地毯又所需寥寥，所以我这些北方杂交羊每一只剪下的羊毛只能卖大约……30便士。也就是说每只羊我还得倒贴1.2英镑。现在你该明白我这农场为啥叫"不足道"了吧？

可是羊毛不剪也不行。大热的夏天，那么厚的毛皮大衣裹在身上，运气好的羊热死，运气不好的，身上生满蛆虫，被活活吃掉。

你大概以为我给它们剪了毛之后，它们定会对我感恩戴德了吧，你想多了。头一只被剪了毛的绵羊回头看了一眼我亲自搭的简易理发站，便放开蹄子一头扎进了荆棘丛。它在里面扭来扭去，直到缠得结结实实才安生下来。为了把它解救出来，我几乎搭上了两条胳膊、两条腿，害得我差点失血性休克。等我终于把它救出来时，其他羊已经又钻过电篱笆，跑到隔壁的大麦田里去了。

我请了两个剪毛工，不过为了节约时间和成本，我也必须亲自上阵。把所有的羊都赶进围栏后，我们就开始干了。

第一步是先抓住一只羊，把它放倒在地，四脚朝天，而后倒抓住两条前腿，让它屁股着地拖进剪毛区。这可没那么容易，因为羊不喜欢四脚朝天，更不喜欢屁股着地被人倒拖着走。而且它们好像力大无穷。你能想象把尚格·云顿[1]倒拖进理发店，强行剪掉他的胭脂鱼发型[2]吗？不管你怎么苦口婆心地好言相劝都没用。我被羊拱翻在地，挨了几蹄子，刚爬起来又被拱翻。专业剪毛工建议

---

1 尚格·云顿：比利时演员，和史泰龙、施瓦辛格齐名的动作巨星，空手道冠军。
2 胭脂鱼发型：男子发型，前面和两侧的头发短，脑后的头发长。

我先抓住羊的下巴，放倒它之前先让它首尾靠拢，也就是把脑袋往尾巴的方向扭。我试了试，挨了一蹄子，又摔了一跤。

这工夫，其他羊忽然不乐意跟我这个看上去没安好心又站都站不稳的胖子待在同一个围栏里了。它们纷纷跳了出去。我都看呆了，因为它们根本没有助跑的空间，却能一下子跳过将近 1 米高的围栏。说真的，羊的垂直起降功夫比鹞式飞机还要厉害啊。

费了九牛二虎之力，我总算逮着了一只羊，拖到剪毛的地方摆好了姿势。剪毛工说我得用大腿紧紧夹住羊的一条后腿，然后再去拿羊毛剪。

这是我见过的最吓人的东西。想象一下加拿大原木厂上使用的那种圆盘锯的齿轮箱内部，再想象一下拿着这么一个嗡嗡叫的玩意儿去剃尚格·云顿的头发。可想而知，结局只有两种可能，不是羊死，就是我亡。

"干吧！"看热闹的那帮家伙说。你们当我傻吗？拆弹专家可不会随便从街上拎一个人过去帮他拆炸弹。正给小姑娘做手术的眼科医生也不会邀请病人她爸爸上去划两刀过过手瘾。羊毛剪振得我手指头发麻，我感觉自己像拎着一把随时可能失控的锋利电锯。算了，我不想逞能，遂放下羊毛剪，哪儿凉快哪儿待着去了。

专家们开始忙活起来。他们不到两分钟就能把一只羊剃成圆寸。我被分配了一项稍微简单的工作——把剪下的羊毛卷起来，塞进羊毛袋。刚才我说简单是吧，其实我的意思是恶心。因为把羊毛卷起来之前，得先清理上面的羊粪球。用手。你得跪下来把那些像黑珍珠一样的干粪球一个一个从羊毛上拣出来。要是你心急揪下了太多的羊毛，保准会有人嗷嗷吼你。开玩笑，那可都是钱啊。照目前的市价，起码值 1 便士。

剪完羊毛，我们就得把这 75 只秃羊和 145 只依旧毛茸茸的小羊羔赶到农场另一头的新牧场上。为了让这些羊排好队，我们动用了两条牧羊犬，而且我还被派到羊群最前头，并严令我不得让任何一只羊超过我。

我很想说我领着它们走了 100 米，可实际上只走了 20 多米它们就罔顾队形，跑到大麦田里吃下午茶去了。我站在原地揉飞进眼睛里的花粉。有个老乡提醒我不要揉，越揉越糟糕。我忽然意识到，我不是一个合格的牧羊人，而且很可能永远也成不了一个合格的牧羊人。

好在结局还算柳暗花明。我本来在盖房子，有一天我注意到工人们在往墙体空腔中填充玻璃纤维。

用羊毛效果更好。羊毛导热系数低，能防止热量损失，还能有效阻燃，另外它吸附水汽的功效几乎胜过其他一切材质，因为它的本质是蛋白质。最后它还能通过一种叫作化学吸附的方式净化空气。

所以，既然卖羊毛挣不了仨瓜俩枣，我就干脆拿它们填墙做保温层，省得再花高价买那些人造材料。不卖钱但能省钱，我终归是赚了。说不定格蕾塔·桑伯格还会给我寄一封表扬信呢。

我的庄稼怎么了？

　　我小时候上的是英国圣公会开办的小学。学校位于唐克斯特郊外的一个采矿村。每年九月，我们都会被人押到教堂去感谢上帝让我们喜获丰收。可当我坐在那里，盯着圣坛上装满了蔬菜和玉米穗儿的篮子时，我总是禁不住想："这关上帝什么事啊？那些东西全是特恩布尔先生种出来的呀。"特恩布尔先生是我们当地的农场主。

　　今年上帝又不给力。不，实际上为了让我颗粒无收，过去这 9 个月他可一天都没闲着。他让我们体验了进入 21 世纪以来雨水最多的夏季，有记录以来最潮湿的二月，最干旱的五月，还有 1988 年以来最冷的七月。他把我的粮食先烘干再冷冻，然后用水泡完一遍又泡一遍。

　　所以，要是非得感谢谁让我们在 2020 年没被饿死的话，那就跪下来感谢孟山都[1]吧。幸亏有他们的除草剂，我还能有口饭吃。既然说到感恩，咱们也别忘了先正达、拜耳和巴斯夫。没有它们，我们哪儿来的化肥和杀虫剂啊。今年你的餐桌上还能有面包，靠的是它们，而不是上帝。

收获的日子慢慢近了，我的土地经纪人提醒说，虽然我在化肥、农药上下了血本，但今年的粮食产量依然会很可怜。可天真是我这人的天赋，给了我莫名的底气，每天散步的时候，我总是喜滋滋地望着我的大麦田、小麦地，还有无边无际的油菜花，心里想着："嘿，这庄稼长得可真争气啊。"

这种自我满足的感觉持续了挺久，直到有一天，我的拖拉机司机卡莱布用一种强效除草剂把我的油菜全给毒死了。他说这是必要的正常操作。油菜不死是没办法收割的。谁知道这是什么鬼道理？

还有一件事我想不明白，说油菜籽的水分含量高于9%或低于6%都是不宜收割的。所以如果下雨或者不

1　孟山都：美国一家跨国农业公司，旗舰产品为草甘膦除草剂。

下雨、天晴或者不晴，你都得等。太干的油菜籽，收购商是不要的，因为出油率太低。太湿也不行，还得花钱脱水。

随后的问题还多着呢。年初我的土地经纪人问我打算把收的粮食储存在哪里时，我说放到桶里。从他一脸错愕的表情我推断这个答案可能不太理想。于是我又犹犹豫豫地说："要不放浴缸里？"这当然也不对。存粮食当然得要谷仓啊——于是我就建了一座。在我看来，新谷仓已经大得离谱了，在里面造飞艇都觉得宽敞，可土地经纪人过来一看，说这只够储存油菜籽的。

这表示在油菜收割之前我得租一个车队把大麦拉出去，还得租一台联合收割机，同时预定摄制团队记录整个过程，给我为亚马逊公司制作的电视节目积累点素材。最后一点在其他农场主身上可能比较少见。

除此之外我还需要精确的天气预报，所以周日晚上我就坐在电视机前看BBC的《乡村档案》节目。到了下周天气环节，天气预报员说，未来几天将迎来高气压，预计天气会持续晴朗，气温20多摄氏度，风和日丽。

然而周一是个潮湿寒冷的天气。我气疯了。对各位而言，天气预报不准也没关系，最坏的结果无非是取消烧烤到屋里待着。但对农民来说这可是要命的事啊。所以我恳请英国的气象部门：要是你们不懂，或者暂时无法预测天气，直接承认就好了。毕竟到大西洋上收集天气资料的飞行员们都被封在家里学做面包呢。

承认不懂并不丢人。我自己不懂的事情也很多。我不知道钢的沸点是多少，不知道怎么做油面酱，也不知道是谁画了《伯沙撒王的盛宴》[1]。像我这种到了洞穿世事的年龄的人，已经不再羞于承认自己的无知。你们也该如此，尤其在一档农业节目里。

第二天我给附近的农场主们打电话，说我快要犯心脏病了。结果他们的意见出奇地一致。不管怎样我都要接受现实，因为这就是农业。他们还说我要有耐心。这怎么可能？我的 DNA 里没这一段。这就好比让尼古拉斯·维切尔去当摩洛哥笼斗士一样不切实际。

但不大一会儿我就平静下来，心率降到了每分钟百万来次。然而这天的天气和早上预报的截然相反。天空灰

---

1 17世纪荷兰画家伦勃朗·梵·莱茵创作的一幅油画作品。

蒙蒙的，沉闷压抑，就像上帝把整个英国装进了一个特百惠盒子。于是，我搓了一把油菜籽放在我花 500 英镑买来的湿度测量计上，而后屏住呼吸。终于，结果出来了，7.2%。好极了。可以收割了。

别高兴得太早。不出意外的话，应该会出意外。果然，我买的拖车是液压制动器，而我的兰博基尼拖拉机是气压制动。后边什么都不拉时，走走停停已经够难为人了，倘若拉上 12 吨粮食，上路十有八九得出问题，况且这也是违法的。不得已我只好又租了一辆气压制动的拖车，等待天气合适的时候再重新开始。

5 分钟后我得到消息，说这一年我可能白忙活了。联合收割机上的电脑能评估作物产量。若是放在好年景，6亩地起码能收 1.5 吨油菜籽，可现在电脑显示我只能收800 公斤。我对结果原本就没抱太大希望，可怎么着也不能这么绝望吧，而且看样子这还没绝望到底。

我的工作是在地边等着收割机顶上的频闪灯开始闪烁，那意味着它的料斗已经装了 80%。这时我便开着拖车与收割机并排行驶，一台风扇会将油菜籽通过一根导管吹进拖车。

我要做的就是和收割机保持相同的速度。听着很简单对不对？实际操作起来却是另一回事。你得顾着前面，保持直线行驶，还得顾着后面，保证种子安安稳稳地落到拖车里。这得眼睛长在脑袋两侧的人才能做到啊，像鸽子那样。可惜我没这个天赋，所以头几分钟，大部分种子刚被收割就被大地母亲吃了回扣。

尽管如此，我们还是一直干到天黑。第二天，露水刚刚蒸发，油菜籽水分含量恢复到达标状态时，我们又开始干了起来。直到当晚我的新谷仓里已经堆出一座黑色的小山。那其中一半是油菜籽，一半是地蜈蚣。当然，榨油之前这些小东西会被过滤干净的。希望如此吧。

接下来，最令人心碎的时刻到了。英国脱欧害惨了我的大麦。因为谁都不知道国际市场到年底会发生什么变化，于是乎便出现了跟风销售潮。大家都想在国门关上之前把大麦卖到欧洲去。所以，不仅要感谢上帝让产量下降了 20%，还要感谢那些扬言要"夺回控制权"的大聪明，成功地让价格也跌了下来。

所以我才窝在曼彻斯特写这些东西啊。要想讨生计，农民必须全面发展，像我。稍后我还要去参加新一期《谁想成为百万富翁》节目的录制。我担心又要喧宾夺主，搞得参赛选手围着我问东问西。

只有斯汀[1]和超级富豪才能拯救乡村

有人出了一个听起来十分合理的主意，说把英国的乡村以及所有的农田都交给摇滚明星和银行家们打理，给他们提供可观的税收减免政策，帮助他们正确运营。我觉得这主意挺靠谱。这么重大的责任，除了他们，你还能托付给谁呢？

政府？别逗了。英国政府靠得住，母猪能上树。你别指望英国政府能干好一件事。疫情到来的时候，大家都指望政府能买些防护服和手套，可就这么一件小事他们也搞砸了。

国外某驻地的情况也一样。我们的部队迫切需要防弹

---

1 斯汀（Sting）：英国歌手，警察乐队主唱和贝斯手。其乐队在 20 世纪 70 年代后期发展成为最著名的新浪潮乐队。1983 年乐队解散后，斯汀单飞。

衣、子弹，还有能够切实保障士兵安全的运输机——希望用的材料能比纸巾厚点儿。可政府干了什么呢？他们送了6000条厨师裤。所以，指望政府种粮食，或者把约克郡的某个山坡交给政府经营是万万不行的，除非脑子有坑。

科尔宾[1]辞职之前，工党内部曾有一种声音说，要没收富人的土地，分给穷人。典型的劫富济贫啊。可这么做根本没用。就算给穷人分一小块地，他们也会用来存放他们破破烂烂的锅碗瓢盆，或用来当停车场。

但把种粮食的事儿完全交给农场主好像也不保险，毕竟农场主种地是要考虑利润的。如果一个地方遍布干砌的石墙、郁郁葱葱的灌木篱笆和古老的森林，农场主见了并不会发出"好美"的赞叹，他们只会想"嗯，我得把推土机开过来了"。

道理很简单。你投了100万买股票，想的肯定是能赚多少；你投了100万买地，那肯定会想方设法榨干每一寸土地的价值。况且，普通百姓谁不希望买到廉价的食

---

1 杰里米·科尔宾（Jeremy Corbyn）：英国政治家，前英国工党领袖。

物呢？

可这里面存在一个问题。从 20 世纪 30 年代起，英国失去了 97% 的野花草甸。为什么？因为野花放在明信片上很美，可它无法带来经济效益。你种再多的矢车菊和雏菊有什么用？倒不如种大麦、小麦和油菜。这就是普通农场主的真实心理。

不过我这片农场虽然几经易手，主人却都是腰缠万贯的有钱人。他们占有这片土地只不过是为了方便打猎和避税。在他们眼里，好好的土地用来耕种才叫暴殄天物。他们瞧不上农业。因此，这片土地上至今仍然保留着广袤的长满野花的草甸。那些野花野草还从来没被铁犁打扰过。

我讨厌花，看见就烦。可并不是所有人都和我一样。尤其这个月初跑到我农场上的那个家伙。他几乎连蹦带跳手舞足蹈地跟我说，我这里的风光在整个英国都是绝无仅有的。

显然，米金斯太太[1]家的农舍花园里是长不出好看的野花的。它们需要空间去成长繁盛，而我恰恰能提供充足

1　米金斯太太是英剧《黑爵士》中的一个配角人物。

的空间。六大块土地，总面积差不多有 1214 亩，上面长满了小紫盆花、岩豆、蓝紫倒距兰、小鼻花以及其他各种各样名字稀奇古怪仿佛是从维多利亚时代的疑难杂症大百科里跑出来的花。

我的新朋友说这是令人惊叹的自然资源，所以当他在他的路虎越野车后面挂了一台小型吸尘器在地里跑来跑去，把散落在地里的种子全都吸起来时，我还真有点意外。

随后他把收集到的东西全部倒在一大张帆布上，并请我上前看看。这就好比让一个对坚果严重过敏的人去 KP 坚果公司应聘。他成功诱发了我的花粉病。尽管喷嚏不断、眼泪直流，我还是看见帆布上的东西仿佛活了，那上面密密麻麻爬满了虫子。

但我得承认自己抑制不住的兴奋心情，因为在本地的园艺中心，每 100 克野花种子就能卖到 60 英镑的高价，而我现在居然收了大约半吨这玩意儿。我高兴地跑回家去，二话不说就订了台宾利。

然而我的种子不能卖，只能赠送。赠送？这是哪门子道理，身为约克郡人的我可不喜欢这个词儿，甚至不理解。原来这是艾斯密·菲尔伯恩基金会提出的一个保护计划。该基金会创始于20世纪60年代初期，创办人是一个有钱的投资客——好意外啊。计划的理念是，附近的农场主但凡有"生态负罪感"[1]的，都可以得到一批从基因上适合其特定土地的种子。

有人说这项制度同样适用于我的情况，因为只要我在这件事上表现得慷慨大度，将来贷款或申请补贴什么的，政府都会关照我。

可问题是我对这种空头支票不感兴趣，我只想现在就开上宾利。管他牛膝草还是亚麻花，我只想把它们换成钱。我还想在我的店里卖兰花种子，只是价格更贵。毕竟我还没富到敢自称地主的程度。

不过斯汀可是货真价实的地主。他在威尔特郡有一块4856亩的土地专门养猪和鸡。但他的养殖方式和其他农场主大为不同，全是些和密宗以及美学有关的东西，因为他不指望靠土地赚钱，毕竟人家不差钱。每次有人在卫生巾广告里用了他的歌曲《罗克珊》，版权费都够他再买架飞

---

1 原文 eco-guilt，指人们做出对生态环境有害的行为后唤起的负罪感。

机了。

如果你认为土地就该回归自然，管理土地就该无为而治，昆虫就该成为土地上的老大——我逐渐也有了这种倾向——那么就该鼓励斯汀这样的大佬尽可能多地吞并他周边的农场。今天下午我就去再买张他的唱片，算是助他一臂之力。你们也赶紧。

斯汀并非个例。长久以来，杰思罗·塔尔乐队的伊恩·安德森在斯凯岛上的斯特拉斯艾尔德半岛一直拥有一座鳟鱼农场。在斯宾塞·戴维斯乐队、交通乐队以及盲目信仰乐队都混过的史蒂夫·温伍德在格洛斯特郡也有大片土地。和我同在奇平诺顿，而且离我的农场还不算远的另一座农场，主人是污点乐队的阿历克斯·詹姆斯，他的农场种的菜是我吃过最美味的。我们应该把土地多给这样的人，让他们随便玩儿去。

30 年前，如果你在夏日里开车穿过乡间，跑不出 8 公里，你的挡风玻璃上就会布满昆虫的尸体。如今再也看不到那样的景象了。你可能跑一圈连一只昆虫都撞不到，因为它们已经快绝迹了。这可不是好事，地球上没了昆虫，其他生命也就没多少活头了。

我们需要昆虫，需要灌木篱笆和古老的丛林，需要湿乎乎的沼泽地。几乎没有人会反对：我们应该让自然母亲重新掌舵。可是不好意思，要实现这个目标，我们唯有把土地的控制权拱手让给富豪们。

政府部门应该认真考虑一下这个建议：把英国美丽宜人的地方变成第二个摩纳哥，成为富人们的避税天堂。毕竟这帮人有钱有闲，有机会干点"正事"。

Autumn

秋

September

九 月

农民为什么需要喷火器?

如果你见过皇家海军的 F-35 战斗机在航空母舰上垂直降落的画面,你肯定会情不自禁地赞叹科技的魅力,让如此不可思议的飞行动作变成现实。但我可以告诉你,单论工程的复杂程度,与联合收割机相比,战斗机也就和烤箱一个级别。

我瞧过收割机内部,还在油管(YouTube)上看过大量介绍收割机工作原理的视频。即便如此,看到在麦田里驰骋的收割机时,我还是惊叹不已。多么神奇的机器啊,在一片噪声和振动中,谷物就从其他东西里面分离出来了。

要解释它的工作原理就跟解释魔法是一样的。不过总而言之,你绝对不会想掉进任何一台收割机中。那里面有好多刀片、好多扇叶、好多轴承、好多传感器。凭借这些传感器，司机可以真实掌握机器的工作状态。

比如说，他可以准确掌握每 6 亩粮田的产量及湿度。他还能一边听板球赛的实况转播一边干活。方向盘？插播广告的时候管一下就可以了。但 F-35 战斗机，两个翅膀一根操纵杆，想听比赛那是白日做梦。

不过话说回来，战斗机确实比收割机好看不少。其他比收割机好看的东西还包括大部分独轮手推车、冷柜、秃鹳、克莱斯勒 PT 漫步者。

这是农业领域的普遍问题。近年来人们已经做了一点点改善，比如拖拉机，在造型上已经顺眼了许多。但其他东西基本上还停留在以实用为主且毫不顾及审美的阶段。这年头就连吸尘器和剪草机都开始整容了，可是农用机械，它们一直丑得很稳定。

说实话，没有哪个农民不喜欢农机。他们喜欢新的机具和配件，但农民挣钱不容易，他们不愿把钱花在那些肤浅的花里胡哨的东西上面。举个例子，他们才不在乎耕田机上有没有扰流板或合金轮毂，因为他们知道农用设备免不了磕磕碰碰，在泥地里拖来拖去，又经常在户外风吹日晒雨淋，用不了多久便会锈迹斑斑，沦为废铁，只待某天哪个斗鸡眼的傻小子要重新把它焊一遍才不至于散架。

　　说到这里我不由想起了我的条播机。那台机器，收割机和它一比简直跟个板凳一样简陋。因为它能把种子以相等间隔和深度种到地里。它甚至还能在恰当的时机自动关闭两个排种轮，留下一道道田埂，以备将来作物成长时便于布设喷淋器。它的全部作业都由驾驶室内的一台便携式电脑控制。这台机器比你的苹果手机可精密多了，但它的外形实在不敢恭维，你看了之后十有八九会以为它是从孟加拉国的某个废品站里拖出来的。

　　假如发明了收割机的塞勒斯·麦考密克[1]（普遍认为他发明的收割机是史上第一台农用机械）从100多年前穿越到今天，看到我农场上停的那些奇形怪状的玩意儿，他肯定会认为在这近200年的时间里，人类真是一点长进都没有。

　　我有台鼹鼠（自动埋管机），能把水管埋到地下，而且挖沟、填管和埋土一次性搞定。它操作简单、设计巧

1　塞勒斯·麦考密克（Cyrus McCormick）：美国发明家、企业家，收割机的发明者，其收割机获得专利的时间为1834年，但直到1847年才开始大规模生产。

妙、外形奇特，让人忍不住多看两眼。我还有台剪草机，干活麻利，丑得像个取暖油罐。

我曾经看过一段视频，一台拖拉机拖着一台喷火器。我当场就想要一台。试问哪个农场主不想要呢？允许的话我甚至想在我的熨衣板上都来一套喷火器。只是这台喷火器的造型，看着就像用脚手架和牛铃铛拼凑而成的。

我怀疑出现这样一种局面，部分原因可能是许多农用设备都是由农民自己设计出来的。你只要看一眼农民们常穿的三件套就该知道，审美应该不是他们着重考虑的问题。他们想要个坐的东西，他们就买个凳子。这样的人是连 UPVC[1] 做的窗户都能接受的。

农民不在乎你怎么看他的鞋子，所以他敢于穿一双又大又笨、带金属鞋头的塑胶靴子。他们穿的外套让他们看上去臃肿肥胖，头发像是用收割机犁出来的，油乎乎的领带还是 15 年前包拖拉机弹簧片用的。

他们的沙滩车可以简陋到令人发指。别的地方的沙滩车都是漂亮的紫色还带条纹，唯独英国的沙滩车就只有四

1　UPVC：通常称为硬 PVC，是氯乙烯单体经聚合反应而制成的无定形热塑性树脂加一定的添加剂组成的。

个窄轮子，车把上还有防风手套，感觉像 1940 年的夏天在比根希尔[1]割草用的玩意儿。

但例外总是有的。比如，杰西博公司的伸缩臂叉车。它的伸缩臂可以抬起和移动相当重的货物。我到 59 岁才第一次拥有这样一台机器，真不知道以前我是怎么活的。昨天我用它往我新建的瓶装水厂搬运装满空瓶子的板条箱。虽然我是个新手，干活也没那么细致，但整个过程我一个瓶子都没摔碎过。它温柔得就像对待患者的眼科医生。

今天上午我用它朝我那依然没有完工的水坝上运石头；之后我打算再把需要储存的油菜籽运到谷仓。今天晚上，把小麦堆好，把一部分大麦装上卡车，再去拖几根木头。我该开着它去酒吧。明天我就在货叉上装个板子，把小孩儿举到树顶摘苹果去。听说这么用它是禁止的，可我不明白为什么。

和所有的农用设备一样，伸缩臂叉车的设计非常巧妙，力量十分强悍。用它举起一块摩天大楼那么大的石

1　比根希尔是英国皇家空军基地所在地，1940 年 8 月，德国开始对英国发动空袭。

头，感觉就像你徒手举起一根火柴棒。你坐在开着空调的驾驶室里，只需轻轻晃动操纵杆，就像阿姆斯特朗操纵他的推进器一样。里面风平浪静，外面却在排山倒海，摧枯拉朽。

上帝花 6 天时间创造世界，我们都觉得好神奇是吧？可只要一台伸缩臂叉车，两天就能把这世界毁了。我用的这台机器不费吹灰之力就能把 3 吨重的东西举到 15 米的高度。

而最妙的地方在于，和其他农场上常用的设备不同，这台机器的外形格外拉风，丝毫不输《雷鸟神机队》[1] 里的救援装备。能设计出这种东西的人，家里肯定用的是博德宝橱柜和丹麦家具。这两样都是同类里最好的，既是你想要的，也是你需要的。现在我还算不上是个正经农民，可我已经禁不住想搞一把《异形》里的那种火焰枪装在它上面，激光器也不错。

1　英国 1965 年首播的一部科幻动作系列剧，后又改编成了电影和动画片。

看我如何盘活我的农场商店

今年我的农场大概能产出 300 吨小麦、700 吨大麦和 250 吨油菜籽。现在几乎可以肯定的是，我每一斤都会亏损。

犁地松土、购买种子、播种、购买化肥农药、租用联合收割机、用粮食烘干机除湿、存储，这一系列成本，市场是根本无力承托的。简而言之，你准备买面包的钱，还不够我把面包做出来呢。

我养的鸡和鳟鱼也是一样，更惨的是羊。如今摆在我面前的选择是，要么即刻卖掉，赔就赔吧；要么继续买饲料，再养它们一阵子，等肥了再卖。我算了下，两个选择我赔的钱竟然一样多。

这就是许多农场主都自己开店的原因。道理很简单，让食物从农场直接到你家餐桌，没有中间商赚差价。作为顾客，直接从产地购买食材也更加放心。大家似乎都挺喜欢这种方式。

我自然也要赶一赶时髦。今年年初，我盖了一间不带暖气的石墙小仓库，就用它来卖农场上的应时产品。作为商店，小仓库透着几分可爱，很有意大利风格。不过开门营业时，当季的产品却只有土豆。

接着便是疫情来袭，商店关门。再开门时已是六月底，土豆全发芽了。真是灾难。

当时又没有其他东西可卖。苹果还小得跟子弹似的，一口能把人酸一跟头。山葵没到季节，其他蔬菜还都是幼苗。我的瓶装水厂还没有建好。其实，这么说吧，还只有管道，没有厂。

因此，我不得不从其他农场主那儿 —— 他们也有商店 —— 买东西补货。唉，生意可不是这样做的。我还联系了本地的一些批发商，再开业时我的店里就出现了一大篮科茨沃尔德菠萝和两个牛油果。但牛油果被莉萨吃了，因为女人对牛油果的抵抗力为零。

我真心想卖自己种出来的产品，可就算万事俱备，我心里还是七上八下，生怕不是人们想要的。谁会来买根玉米穗，或者一把油菜籽啊？那就好比本来该买车的，结果买了个齿轮。可要把这些原材料变成家家户户认得出来又用得上的商品，我恐怕还要盖几座加工厂才行。

为此我算了笔账。把所有成本加起来，包括建造工厂、安装烤箱和一侧带刻度盘的不锈钢鼓 ——食品加工厂里不都有这些吗 ——还要雇用一大群穿着白色工作服、戴着口罩的员工，那么平均下来，每一片面包的造价大约是 1.5 万英镑，一瓶啤酒就得 3.6 万英镑，1 克鳟鱼头就得 400 英镑。

我能卖的成本利润率最为合理的东西，就是我那 25 万只蜜蜂生产的蜂蜜。于是我就去蜂箱割蜂蜜，割了两天，总算装满了我的路虎车后备厢。蜂蜜很抢手，不到两个小时就卖光了。问题是想要补货我还得等上好几周。

香肠也是一样的情况。我的拖拉机司机卡莱布养了一批猪，因此时不时便能灌些香肠出来。这是我吃过的最好吃的香肠了。一对夫妻从我这里买了 4 根，结果第二天就又来买。可惜香肠已经卖完，想买得等到下一年。两人失望极了。

这就是小规模售卖季节性产品的最大问题所在。顾客会感觉极为不便。比如说，今天我的店里有大黄，想买的话你就得抓紧，因为我只有 8 捆。卖完这批，下一批就要等到五月份。

甜菜倒是要多少有多少，但一开始无人问津。经了解发现附近的人（包括我在内）根本不知甜菜为何物。所以现在我改换名头，把它们当菠菜卖，结果货架瞬间一扫而空。我这么做恐怕涉嫌欺骗消费者，搞不好是要吃官司的。

还有其他问题。我盖谷仓的时候考虑不周，离供电站要多远有多远，所以我只好从附近的房车营地拉了条电线，还有水管。谷仓里没有厕所，冰箱开动起来像狐蝠式战斗机。当然，对此我没什么好抱怨的，毕竟才花了 1 英镑。

好在我装了台牛奶分装机，用起来方便顺手。你只需把瓶子放在一个干净的玻璃框中，往投币口投进 1 英镑，就能灌装 1 升美味可口的冷藏鲜牛奶，而且它全天 24 小时敞开供应。听起来很不错是吧，但这台机器我花了 6000 英镑，要把这笔钱挣回来，我得卖掉将近 6000 升牛奶。这个销售目标，就连阿斯达超市怕也接不住吧。这还不包括牛奶的成本呢。

不过有意思的是，自从商店开了门，附近便有形形色色的人过来问我能不能用我的货架卖他们的货，其中有他们地里种的，有他们自制的，品类倒也繁多。因此渐渐地，我的货架上就摆满了各式各样的可口食物。

有个女人做的蛋糕一级棒，另一个女人做的香肠卷顶呱呱，有个男的自制的番茄酱比我吃过的所有番茄酱都要纯正。我们那一带甚至还有个会做奶酪的摇滚明星。由于新冠疫情的负面效应愈加显现，失业人数与日俱增。离开沉闷乏味的办公室，人们开始尝试五花八门的新鲜玩意儿。我估计将来这一带的能工巧匠会越来越多。

不过眼下生意倒是红红火火，利润也十分可观，我甚至还雇了一个姑娘来当营业员。昨天夜里我合计了一下，初步估算，如果一切顺利，商店的生意我每月仅赔 500 英镑。

不过这个数额有可能会增大，因为相关职能部门迟早会收到消息。他们一来就不会有好事。要么说我违反了什么条例，要么责令我加装厕所，或者干脆说我的房顶样式不对。

或许人们会渐渐意识到，疫情期间想买苏格兰鸡蛋就去农场商店，但恢复正常之后还是去超市更为方便，毕竟那里商品要多得多。电池、剃须膏、红酒，应有尽有。当然，还有牛油果。

　　我可不希望这样。尽管农场商店并不能彻底解决农场主们面临的严峻的经济困难，但相比把产品卖给利德超市，这些可怜人能稍微慢点儿破产。况且说真的，人们在农场商店确实能买到好吃不贵的食品。

October

十 月

唉，美梦要落空

先说点可能让你脑筋转不过弯的小知识：地球上97.2%的水存在于海洋；2%多一点的水以固态形式储存在两极和冰川；而仅有0.023%的淡水存在于江河湖泊、内海、土壤及大气。

好在地下水的储量大约是地表淡水的30倍。不管你生活在艾丽斯斯普林斯（澳大利亚）、圣彼得堡（俄罗斯）、蒙得维的亚（乌拉圭）还是赫默尔亨普斯特德（英国），现在你跑到后花园里开始挖坑，迟早都会挖出水来。

据说撒哈拉大沙漠就"漂浮"在一片广阔的地下湖上。一项研究表明，利比亚、乍得和阿尔及利亚的国土之下都蕴藏着大量的地下水，且深度可达76米。

那问题就解决了。泡也好冲也好，我们尽可以把自己洗得白白净净。喷也好灌也好，园子里的菜总会长得鲜嫩水灵。全世界的人都不再缺水，我们可以肆无忌惮地喝个饱，直到把自己撑得就像《猫和老鼠》里不小心灌了一肚子水的汤姆和杰瑞。

更重要的是，我们坚信这些地下水是300万年前降落到地面的雨水，在渗透至地下的过程中，它们从岩石中吸收了丰富的矿物质，所以喝这样的水绝对营养健康、强身补脑。

年初在农场打井的时候我就是这么认为的。钻头深入地下90多米，放下水泵开始抽……呃，抽出来的算什么玩意儿还真不好说。

看着像水，闻着也像水，也就是说闻着没什么味道。可两个月后，田里的灌溉系统居然堵了，所有的农作物上都蒙了一层奇怪的白色残留物。家里的洗碗机、洗衣机和洗澡用的花洒也全都莫名其妙地出了故障。

经过检测，井水中锰、钠和硫酸盐的含量高得离谱，甚至已经达到致命的程度。毫不夸张地说，倘若有人跳进这样的井水中，说不定会立马长出两个"脑袋"。

问题是地球上的水资源并不是无限的。我们现在拥有的水也正是当年恐龙赖以生存的水。从这样的水中，变形虫长出了腿，爬上了陆地。这水浇灭了火山，让曾经像火炉一样炽热的地球冷却下来。不妨这么告诉你，就连伊甸园里的苹果树，上帝也是拿这水浇的。

有人说伦敦的自来水在入你的口之前，可能已经在至少6个人的身体里兜过一圈。这真是无稽之谈。怎么可能只有6个人？真实的人数要多得多，另外还要加上几条狗、几头猛犸象，说不定还有几头雷龙。

当然，不可避免地，它一定还泡过许多石头，尽管这些石头未必会像法国的石灰岩或阿尔卑斯山的花岗岩那样具有活肤的功效。可能都是我们科茨沃尔德本地的石头。不仅脏，还带病。

为了解决水质问题，有人建议我花几十亿英镑搞个反渗透系统，把井水中除了氢和氧之外的所有东西全都过滤掉。这个系统还允许我往水里添加我想要的东西。那敢情好，我喜欢大卫·吉诺拉[1]，喜欢蒂沐蝶[2]广告里的瀑布，或许还可以搞点烟熏苹果花。

---

1 大卫·吉诺拉（David Ginola）：法国足球运动员、足球先生，1995 年转会后一直效力英国球队。
2 联合利华旗下的洗发水和沐浴露品牌。

但巨大的投资让我望而却步，于是我把注意力转到了遍布农场的泉水上。我不知道自己凭什么认为泉水会比井水好，这谁都说不准。可众所周知，我们对火星表面的了解要远远多于我们对地球深处的了解。

然而出于某些原因，泉水的水质确实不一样。有些泉水中富含大肠杆菌，有些富含硝酸盐，还有些富含粪便。不过总算有一处泉水的检测结果达到了健康标准。妙极了。

进一步了解发现，过去附近的村子几乎全靠这处泉水生活，但1972年水务局施行统一供水，直接把泉水给接管了。村民们不干了，差点暴动。这事儿直接捅到了下议院。克里斯·塔伦特[1]还专门跑过来给本地的新闻频道做了个节目。尽管我这个人连红酒和红牛都分不清楚，但我还是尝出来了。处理后的水比过去更……怎么说呢，更好喝了。

流量显示泉眼每天的出水量有上百万升，我拿一点做成瓶装水在自家的商店里卖，应该不过分吧。想到了，我

---

1 克里斯·塔伦特（Chris Tarrant）：英国著名的电视节目主持人、制作人、演员、作家。

就搞个"老农山泉"好了。结果实际操作比想象中要复杂得多。

首先,我得在泉水冒出地面见到天日之前就把它抽到水罐里去,而后水沿着管道进入另一个带水泵的水罐,增压之后将水由另一条管道输送至水处理厂。在这里,我们使出浑身解数把新闻中提到的原本不该存在于水中的污染物全部过滤干净。

过滤后的水进入无菌室灌装。我的无菌室是用两个集装箱焊接而成的,里面配备了各种各样的不锈钢设备。我订了些瓶子,上面还贴了标签"不足道纯水,不含粪便"。这一点我是可以保证的,有屎的水我也不可能拿来卖。因此,在英国有史以来最热的这段日子,灌装水开始了。

除非你是从索马里借道利比亚和桑加特来的英国,否则我敢打赌你肯定没有体验过在炎热的天气里置身于集装箱中的滋味。别好奇去尝试了。箱内温度高达 52 摄氏度,我热得透不过气,只好把传送带上刚装进瓶子里的水又倒出来降温。

郁闷的是,水上市之前还要经过一次检验,而不知怎么的,我的水没通过。我很清楚水源是清洁的,我的管道和过滤系统比美国亚特兰大疾控中心的无尘室都要干净。可细菌还是想办法渗透进去了。现在我只好把整个系统都清洗一遍。

这意味着我要用上清洁剂。而废水最终会排入花园尽头的小溪。随后它会流入埃文洛德，进入泰晤士河，汇入大海。但这还没完，水分蒸发到高空，最后会以雨水的形式落在斯堪的纳维亚半岛上。

也就是说，拉尔斯和英格丽德[1]要等到10亿年后才能喝到一瓶挪威矿泉水，想想该有多纯净。而今天，为了让此时此地的我们开心一点，只能先喝点儿漂着细菌尸体和"仙女"洗洁精的水。

1　动画片《芝麻街》中的人物，是两位来自斯堪的纳维亚半岛的主持人。

救命！农民的行话我一句都听不懂

我原本以为经营农场不会太难，毕竟人类种粮食都有1.2万年的历史了，这手艺应该早就刻进我们的 DNA 了。所以种地差不多是一种休闲活动，也许只是做做样子。把种子撒到地里，天上下点雨，吃的就会长出来。

想象中农场主的生活应该是这样的：靠在大门上猛嚼美味的三明治，或在夏末的傍晚坐在开着空调的拖拉机驾驶室里，大口喝自己精心调制的饮料。干农活的日子就像过节。有吃不尽的硬皮面包和柠檬，每天都能享受清新醉人的空气，还有美女做伴。粮食必定是丰收的，卖给欧盟，换来一张有好多数字的大额支票。

然而我亲身体验的农场生活，却把人累得腰酸背痛、死去活来。庄稼汉，没时间晒太阳；我的拖拉机上也没有放饮料的杯托。想当农场主，你首先得懂农业，其次得懂气象，还要懂机械、懂兽医、懂经营管理，敢于冒险。你还得是个工作狂，是个政客、猎手、助产士、拖拉机司机、林木整形专家，最后还要受得了失眠。

我和这些都不沾边。所以，每天晚上我都把脑袋埋进成堆的"乡村《圣经》"——《农场主周刊》。这是我的新宠。

我尤其喜欢化肥和机械广告，因为这类广告必然会配上一个 50 多岁的男人。他们通常穿着格子衬衫，外面套一件带拉链的马甲，那材料恐怕只在农资商店里才能找到。这些广告上的东西我全都想买，它们看上去是那么气派，那么有男人味儿。

但杂志的内容就不好说了，因为我什么都看不懂。比如，翻到有羊的图片，我就想："啊，我也有羊，得看看写了些什么。"可刚读到第二段我就不得不放弃，文章写了什么我完全摸不着头脑，感觉自己像个文盲。

于是我又掀到一页讲某个新的农业法案的，看完之后同样一头雾水，脑子里只有一个声音在不停地回响："集中精神，杰里米，这很重要。"至于那些字，它们全像鱼一样游走了。

我现在知道那些自以为懂车实际上对汽车一窍不通的

人看汽车杂志时的感受了。他们兴冲冲地拿起一本汽车杂志，5分钟后，他们就开始怀疑自己上了当，因为封面上明明印了一辆漂亮的保时捷，可杂志里讲的却是晦涩难懂的物理学。

我知道什么是电子限滑差速器。我看得懂转向过度、车桥垂直跳振、扭力转向以及风挡振动等专业术语。我还知道汽车专栏作者加文·格林在《汽车》杂志上说新上市的丰田 MR 2 小跑有胎面花纹蠕动的毛病是什么意思[1]。对大多数人来说，这些就像深奥的火星文。

如今的一级方程式赛车也存在同样的问题。评论员们并不会把专业术语一一解释给读者听。他们使用这类词语是为了向驾驶者和工程师们证明他们也是内行。我讨厌这种风气，所以伙计们，别再拿腔拿调地拽词儿了，进站就是进站[2]，干吗非要说停站？该说人话的地方就说人话吧，

---

[1] 我其实压根儿不知道"胎面花纹蠕动"是什么意思。——原注
[2] F1方程式赛车时，赛车中途进入维修站的停车区域 pit 是个方形的格子，也被叫作 box。赛场上环境嘈杂，指令性语言通常比较简化有力，因此当赛车进站时，本该喊"Pit！Pit"，但为了让车手听清楚，往往用辨识度更高的"Box！Box"来代替。译文采用了进站和停站加以阐释，二者意思相同，只是后者发音稍微吃力，并不符合通常的语言习惯，以此来阐释作者的用意。

要不然普通人都不知道你在说什么。

说到这里，我不由想到了银行业。和许多人一样，我也存钱，所以免不了要和银行的人打交道。最近有个银行里的人给我打电话，说我前几个月都没有灭灯。我完全听不懂她在说什么，反正随后她就开始向我推销某种产品，好像跟赌场里的红色筹码有关系。也许是我记错了，鬼知道是什么。这种东西我问都没地儿问去。

遇到这些问题，偶尔我会到《金融时报》上查查资料，但和汽车杂志以及 F1 赛车评论一样，那些专业文章艰深晦涩，纯粹是给内行看的。所以，我通常只翻翻消费副刊上那些虽然叫人反感但又真的很吸引人的豪华游艇评论就完事儿了。

不过话说回来，《农场主周刊》似乎倒没必要简化用语，因为它的读者并不存在理解障碍。当他们读到平日农场小麦平均交货价每吨 176.5 英镑时，他们清楚地知道这些字要表达的意思，我却完全不知所云。

开辟农业专栏半年，我都已经开始在 StowAg[1] 买衣服

1　一家专门服务乡村的大型商贸企业，总部位于科茨沃尔德。

了。走在街上我经常会被农民朋友拦住，他们问我家小麦的水分含量，或者问我对某些时事的看法。比如，对于两年多前就已经把牲口处理掉的农民，还有必要征收碳排放税吗？

我一般都是充分发挥我颈椎灵活的优点，反正就点头呗，然后假装突然想起什么要紧事，逃回车上，溜之大吉。

我愁的是自己确实想学农民说话却又找不着门路。我不像那些打工的，上头有老板罩着。我倒是有个土地经纪人，地道的精英，可惜他说的话比《农场主周刊》还要难懂。

赛伦塞斯特有所学校，人家现在叫皇家农业大学，或许我可以去那儿上 3 年学？不过等我学会了怎么开高尔夫GTI 上台阶，或学会了在彻特纳姆看完一场糟糕的金杯赛之后该怎么回家时，我可能已经老得连拖拉机都爬不上去了。

稀里糊涂、懵懵懂懂也不是个事儿。一月从欧盟挣不到钱，这一年剩下的时间就只能靠日益萎缩的政府补贴度日了。

我不知道怎么种土豆，但这有什么关系呢？会用化肥农药，会照本宣科地利用科技，我照样能种出吃不完的土豆。技术，虽然不懂，有些也负担不起，但我愿意淹死到里头。

当然，我也曾求助于网络。网上的知识粗暴地分为两类。一类简单到令人发指，作者多半是种过一两亩地或养过一两只羊的失意的城市青年；另一类复杂到丧尽天良，作者绝对是专家级别，孟山都那种大公司里的高精尖。

而我恰恰介于这两者之间。我只想好好种我的庄稼。但我相信有同样想法的人绝不止我一个。许多农场主都像我一样，对如何生存下去感到困惑，甚至恐惧。坐在早餐桌前的各位，也应该想想这事儿。

因为当你把技术、历史和简单质朴的特性从农业中剥离出去时，我估计到头来你就再也别想吃上一口像样的粮食了。

November

十 一 月

让英国农民夺回对低端食物的控制权

英国政府实施的"外出就餐半价计划"旨在拯救濒临灭亡的英国餐饮业。不过它还有另外一个意义，就是让那些不够宽裕的家庭偶尔能到他们平时吃不起的饭馆里撮一顿。

有一次我在本地一家挺高档的饭馆里吃饭时，就遇到了这样一个家庭。他们是去吃午饭的，可一看菜单就傻眼了。苏格兰野生小龙虾烧青柠？这是什么玩意儿？青柠烧了之后还能吃吗？他们想不通，更怀疑饭馆厨师的水平。还有道菜是芥末腰子，这可把他们恶心坏了。还有人吃腰子？而菜单上说的团子到底是什么东西，他们一头雾水。

饭端上来时他们就更抓狂了。牛排血淋淋的，土豆条又短又粗，和他们在麦当劳吃的完全不一样，而且碟子上还放了一堆叶子，货真价实的叶子。终于，那个当爹的忍无可忍，咆哮了起来。他嚷嚷说这些东西就算打折也不值那个价。于是，他们气冲冲地开车走了。说实在的，我当时甚至盼着门外的梯子能砸到他们的沃克斯豪尔车顶上。

这种事不算新鲜。杰米·奥利弗[1]发起健康校餐运动时，罗瑟勒姆[2]的妈妈们纷纷拿着自己给孩子准备的"爱心便当"守在学校大门口。芝士片、土豆片、汽水，加一根蘸了牛奶巧克力的猪油棒，他们觉得这才是人吃的。有意思的是，鲍里斯·约翰逊[3]居然也是这群人的支持者。

最近，爱尔兰某法庭裁决赛百味三明治中使用的面包因为含糖量过高而在法律上不能称为面包。《星期日泰晤士报》的美食作者玛丽娜·欧·洛克林还亲自去买了一份尝了尝，结论是人造食材的味道就像疱疹一样挥之不去。也许她说的没错，可在赛百味买东西的人总是排起长龙。很多人就是喜欢他们甜味更浓的面包。

我有点蒙，这也是连我们那些可敬的领导人都倍感

1　杰米·奥利弗（Jamie Oliver）：英国一位名人厨师，曾获得过不列颠帝国勋章。

2　罗瑟勒姆：英格兰南约克郡工业城市。

3　鲍里斯·约翰逊（Boris Johnson）：英国国会保守党籍议员，曾任保守党领袖。英国第 55 任首相。

困扰的难题之一。如果我们要和美国人、澳大利亚人做生意，那我们肯定不能跟人家说："哦，对了，要是你想在我们国家卖猪肉，首先得把你们的猪伺候舒服了。给它们脖子里挂上吸管杯，给它们读睡前故事，因为我们国内的农民就是这么干的。"

脱欧的一个后果是超市可以进口某些不需要按照英国行业标准进行二次加工的食品。简言之，就是你吃的鸡很可能在氯水中泡过澡。毕竟在它们短暂、憋屈又悲催的一生中会沾染到不少细菌。

你肯定会说这也太可怕了。别急。倘若你是一个提倡公平贸易、爱好和平、崇尚素食主义的人，或者在潜艇上工作，那么氯在你的眼中可能确实不算好东西。但大多数普通人只要下过泳池就一定接触过氯。他们对此并不见怪，只有在水里闻到了氯气的味道，你才敢相信这个泳池的含尿量和衣原体含量不会太高。所以，他们不介意自己吃的鸡肉是不是在氯水中泡过。只要糖和盐放得够，说不定他们根本不会察觉。

现实的情况是，生产标准比国内低的食品，价格也相对便宜。不管我们喜不喜欢，对大多数人来说，便宜才是他们最看重的。没错，大家都想吃本土鸡，可倘若以色列鸡肉比本土鸡要便宜一大截，那人们肯定会选择以色列鸡肉。如此，英国的农场主们就等着喝西北风吧。

有件事国内呼声颇高，尤其是全国农场主联合会（NFU）。他们强烈建议成立一个行业标准委员会，让一个由生态主义者、动物爱好者及科学工作者构成的专门小组来决定什么可以进口、什么不能进口。

这个建议合情合理，所以得到了众多厨师、美食家及农场主的支持。我本人也双手赞成。但如此一来，食品价格必然飞涨。因此，我有个替代性建议。与其捍卫进口食品的质量标准，何不降低国内农业经营的行业标准，从而降低成本呢？

大多数人觉得农民就是把符合工业标准的化肥农药倾倒进他们的麦田，还把打蜜蜂当游戏玩，那我们何不干脆就这么干？只有如此，人们在超市的货架上才能找到最便宜的英国鸡肉。

这对农业经营者们来说是好事，条条框框少了，利润空间大了。对罗瑟勒姆的妈妈们来说也是好事；对政府也好，能刺激贸易；对饭馆里的那位伙计也好，他后半辈子总算能用那些含有丰富添加剂的即食英国垃圾养大他那些胖儿子了。

对，有些人中意质量上乘、加工精细的美食。我们每周在杂志上都能看到大量食谱，诱人的美食图片上也经常出现松仁和香菜。这些东西绝对有市场。

我在伦敦时经常光顾的那个肉摊，一块鸡肉就卖 28 英镑。这可不是瞎编。大群的人去买。不少人也会经常到我的农场商店买东西，一罐蜂蜜还不到 10 英镑。我告诉他们，5 公里外有个面粉厂，我自己种的小麦就在那里加工成面粉。而在公路的尽头有个面包店，用我的面粉制作各种烘焙食品。好多人听了就直流口水。他们喜欢本地货，愿意花钱买原生态面包。

但我们也别死揪着"农场到餐桌"这一套不放。这个理念确实没毛病，我也打算大力推行，但我能有几个顾客？人家阿尔迪[1]有 1700 万顾客啊。原因很简单，大多数人还负担不起所谓高品质的食物。

我能理解你们希望我们的食品不仅能做到精细加工，

1　阿尔迪是德国一家以经营食品为主的大型连锁超市，在全世界各国拥有众多门店。

还能做到绿色环保无添加，最好还倾注了满满的爱意。可这无异于要求政府把全英国的现代和标志汽车都给禁了，让所有人都开捷豹和路虎，毕竟那样更气派。

实际上，大多数家庭并不会围坐在一张餐桌前吃晚饭。很多家庭连张餐桌都没有。他们该吃饭的时候就从冰箱里随便拿点什么丢进微波炉加热一下，而后坐在电视机前狼吞虎咽下去，要么就叫外卖。自己做饭？别开玩笑了。可能只有四分之一的英国人能做超过三样菜，而这三样菜里还包含了香肠和土豆泥。那也能叫做饭吗？

我们还是面对现实吧。假如你对某个一边看着肥皂剧一边胡吃海塞的人说，香肠的价格应该再涨一点，好让那些注定要被做成香肠的猪在生前能过上更快乐的生活，我估计他会拿叉子戳瞎你的眼睛。

我当然希望全国农场主联合会能够实现他们的目标。这是肺腑之言。可我又担心没那么多人支持他们的理念。毕竟大部分老百姓能吃到炸鱼条就很满足了。

Winter
冬

December

十 二 月

为什么我的农场商店里不卖火鸡？

"左翼"媒体中那群脑路清奇的进步论者最近一个个上蹿下跳，乐不可支。原因是按照他们的解释，今后全世界的农场主们要想拿到政府补贴，首先得在农场上给蝾螈修建羽绒冰屋，其次还要给农场上所有的树穿上漂亮的毛衣。

他们随后还说受此政策影响的农场主包括戴森爵士、女王陛下、威斯敏斯特公爵以及哈里德·本·阿卜杜拉·阿尔沙特亲王。没错，这些大人物的确会受到些影响。可同样受影响的还有成千上万普普通通的农民。出于气候原因，他们刚刚经历了有史以来最惨淡的年景。又因为脱欧和政府补贴无法到位，许多人正濒临破产。

经常读"左翼"报纸的人很难理解这样一个现实：并不是所有农场主都开得起路虎车，每年有一半时间都能靠着政府补贴满世界潇洒；大部分农场主都不得不勒紧裤腰带过日子，寒冷的夜晚还得把孩子丢进炉子烧了取暖。

"左翼分子"同样无法理解——因为他们忙着决定该进男厕所还是女厕所——由于英国国内动不动就和气候挂钩的奇葩的政策环境，导致很多作物无法实现预期的经济价值。于是，本地农场主便不再种植大麦，酿酒商们不得不从阿根廷进口原材料。为什么阿根廷能种那么多大麦？因为他们没那么多规矩。这表示什么呢？这表示我们并没有解决环境问题，而只是把这些问题"出口"给了其他国家。

但这类简单的事实似乎并不能触动那些滥好人。他们说，对缩减补贴不满的农场主可以将自己的土地卖给穷人。他们理所当然地认为，穷人在管理土地方面必定胜过有钱人。

住在哈克尼和伊斯灵顿区的伙计们，我可就对不住了。我是不会照他们说的那样把土地卖给某个难民或别的什么人的。为了让你们更生气，我还会用我花了很多学费在公学里唯一学到的胡搅蛮缠的本事把农场经营下去。就是把简单明了的规则歪曲成就像有人往一碗字母意面里倒了一大包发卡的样子。"老师，我手指上的痕迹可不是尼古丁，而是高锰酸钾。"

为了表示对行政部门、"左翼分子"以及环境大臣"无能的乔治"[1]的不满，我决定圣诞节时在我的农场商店来一次创新，也算为这场抗议热热身，具体做法是：不卖火鸡。

我的农场上没有养火鸡，因为这些东西比你那乳糖不耐、麸质不耐，连小麦都消化不了而最近又刚刚成为素食主义者的青春期的女儿还不好伺候。它们只吃樱桃树、葵花子和燕麦片。樱桃树要干干净净，没有其他鸟类在上面落过。不能吹风，窝要暖和，还得有娱乐——如此伺候它们26周，终于到了该宰杀的时候，英国政府就过来了。因为你不能拿砖头把它们拍死，也不能用枪打爆它们的头。你得扭它们的脖子，先把它们打晕，除非火鸡体重超过5公斤，那就得用电把它们电死了。一天之内你最多只能宰杀70只火鸡。为什么？鬼才知道呢。

不过这对我的影响微乎其微，因为尽管我有驾照可以

1　指英国环境大臣乔治·尤斯蒂斯（George Eustice），"Eustice"与"useless"（没用）谐音，他常被人戏称为"无能的乔治"。

开车，也有执照可以使用猎枪，可我没有执照允许我在自家的农场商店里卖我自己饲养的火鸡。

反正今年圣诞节你也用不上火鸡。聚餐是不可能了，顶多三四个人在家吃饭。其中必有一人是素食主义者，还有个人肯定对鸡肉过敏。所以，谁还会傻乎乎地做一只像蓝鲸那么大的火鸡啊。

那总得有替代品吧？什么东西是你真正想买，而我又能在农场商店里合法售卖的呢？乌鸦？獾？蜻蜓？这需要你把脑洞开大一点。还需要你翻一翻规则手册，看看上面没有什么。当然，想找灵感的话，还有谁比法国人更合适的呢？

当全世界的人已经吃了几百年面包、牛肉和鱼时，法国人却突发奇想，认为一种名叫圃鹀的小型鸣禽更合他们的口味。他们试着吃了下，并思考一番。"嗯，味道不错，但如果我们捕鸟时能够用网，而后把它们在箱子里关上两个星期——黑暗会促使它们不停地吃小米，直到吃得肥肥胖胖，到时候味道岂不是更好？"

如此决定之后，他们认为宰杀这种鸟最好的方式是丢进雅文邑白兰地中淹死，拔毛处理干净再放进烤箱烤 8 分钟，而后塞进涂了黄油的土豆里。哦，人在吃这道菜的时候，头上得顶着一大块餐巾纸。

这种事情放在任何正常的国家，人们都会站起来说"无聊"。可在法国，每个人都赞不绝口。"美味极了。"他们会说。不过他们说得也没错。我尝过，圃鹀确实是我吃过的最美味的东西。咬上一口，骨头酥脆得就像沙丁鱼。那味道，怎么形容呢？就像在鸣禽的肉上加了一层鹅肝酱。

然而遗憾的是，即便法国总统密特朗对这道美味也情有独钟，甚至在他卸任前的最后一次新年晚宴上还享用了一只，但到 20 世纪 90 年代末，圃鹀在法国境内已经变得格外稀有，政府遂出台禁令，要求饭馆不能再供应这道菜。

你以为这就结束了？天真了。即便在今天，只要你有门路，照样能在饭馆里吃到这种鸟。挂羊头卖狗肉的勾当，被那些饭店玩得贼熟。一道黄油土豆标价 90 欧元，为什么？因为里面有只鸟。"督察先生，本店不卖圃鹀。菜单上写着呢，我们卖的是土豆，鸟是免费赠送的。"

今年的圣诞节，我就打算在我的农场商店里卖这些东西：塞满金翅雀和蓝山雀的土豆。我知道这是钻法律空子，可用这一招来对付"左翼分子"和他们在唐宁街十号里的代理人倒挺合适。要知道他们正把这个国家变成一个庞大的野餐营地，里面到处都是马蜂和乱丢垃圾的人。

January

一 月

我真的适合干农业吗？我不确定

又是农场上一个令人激动的早晨。我用 90 吨表层土壤替换了遍布院子的 60 吨碎石垫层。尽管当我欢呼"大功告成"时，我的真正意思是"我在厨房的餐桌前发了一早上呆，一个穿着工装裤的伙计替我把活儿干了"。

本来我是想帮忙的。我起了个大早，精神抖擞、兴致勃勃。我穿上长筒雨靴和厚外套，还戴上了有护耳的裘皮帽。这段时间早晨潮湿得要命，湿气能穿透任何已知的材料，包括皮和骨。温度计显示气温只有 1 摄氏度，但感觉似乎更冷些。所以，我就回到屋里，脱掉外套、帽子和雨靴，烤起了面包片。

通常的隆冬时节，农场主们基本都拿着政府补贴到阿尔卑斯山去享用热乎乎的红酒和奶酪了。可今年因为疫情，所有人都被困在家里，干那些被耽误了多年的工作。

从一年半以前准备接手农场至今，我第一次产生了怀疑，我的心是不是真的扑到农业上来了呢？我非常享受开着路虎车围着农场转悠的感觉。欣赏一下美景，或在某个美丽的秋天的傍晚垦一会儿地。而在一月里，我甚至懒得出去修一下大门。

此外还有一点不得不提，我能力有限。知道外卖寿司时人家送的芥末酱小包吧？每个人都能轻轻松松地撕开，可我不能。我连最简单的说明书都看不懂。还有我的手机，要是它夜里自动升级了，我就得把它扔掉。因为它和之前不一样了。不一样就是更糟了。

说白了，若是遇到一扇门从门柱上脱落下来，我可能只会干瞪眼。通常我会花上15分钟时间一边思索一边喃喃自语合页为什么会脱落，然后就回屋烤面包片去了。

有时候，如果风不是很大，温度也不算太低，我可能会在原地找一找脱落的合页，当我在五六步之外找到合页时，我嘴里又会嘟囔它为什么会掉在那么远的地方。可因为我没办法弯腰把它捡起来，就索性回屋烤面包片去了。

很多人可以不假思索地弯腰捡起东西，但对我来说这已经不再容易。只弯腰，我的肾脏会疼。只弯曲膝盖，我可能就再也站不起来了。这可是个大问题。因为弯腰对于干农活的重要性，基本上等于裸绞对于特种部队的重要性。

膝盖的问题也意味着我没办法跳上跳下。这是农民的第二基本技能。跳下拖拉机，跳下墙头和大门，这些都是免不了的。弯腰和跳跃，我敢说这是农民 80% 的生活日常。另外 20% 是去医院接胳膊。

幸运的是，我很少遇到断胳膊的危险，因为我到今天都没学会如何把各种机具挂到我的拖拉机前面、后面或随便什么地方。我也懒得去尝试，我更乐意坐在餐桌前，一边悠然大嚼涂了奶油的小圆饼一边看报纸。

然而有一样工作是无论如何都推托不掉的。不管天气怎样，我都得发动起我那辆有六个轮子的超级猫（Supacat）全地形车 —— 这以前可是军用的 —— 拿大销子挂上同样曾是军用的拖车，一头扎进树林里拾柴火去。

柴火，过去都不叫事儿。可现如今政府管得宽，为了不让人们烧柴，便禁止销售湿木头。我也搞不清楚，为什么会有人拿湿木头当柴火烧呢？这就好比为了保暖非要把湿毛巾或一条浑身湿透的狗点着一样。

反正照我的理解，掉在地上那些长满苔藓的湿木头我是不能再用了——出于环保的考虑——因此我似乎只能重新伐些树。不用想，这件事我同样不擅长。

我个人认为，电锯是只有神能操纵的工具。没人敢找碴找到一个手拿斯蒂尔（Stihl）电锯的人头上。一锯在手，你就是街头霸王，除非有人拿了把 AK-47。可即便如此，最终结果也很难预料。

可当我手里提着一把电锯时，却无时无刻不在担心自己的小命。比如说，我一直很害怕电锯会突然脱手，不小心把我从中间锯成两半。或者我不留神摔了一跤，然后被送进急诊室，去和那些等着把胳膊或腿缝回去的农民兄弟做伴。电锯甚至比鲨鱼和沙滩车更让我感到恐惧。

即便我夯着胆子拿它去锯树，通常也会锯不到一半就被卡在树干里，而我又没办法将它拔出来。因为我身上穿着密密层层的防护装备，根本啥都看不见。粗略估计，我那林子里 20% 的树都卡过锯。

不过有时候我也能成功放倒一棵树，等我从树枝下面艰难地爬出来，处理好被刮花的脸，紧接着就得把树装到拖车上，拖到林子外面。这件事我照样干不好。

我的六轮超级猫有个巨大的优势，它能像坦克一样将两边的轮子锁死，这样就能原地掉头，从而大大提升机动性。可一旦后边挂了拖车，掉头半径恐怕就得按光年计算了。

这意味着我得砍倒更多的树，好给六轮车创造充足的活动空间，而又因为拖车装载能力有限，一部分树就只能任其倒在林地中间变潮，成为我可望而不可即的非法木柴。

你知道一棵树在我的火炉里能烧多久吗？就按中规中矩的尺寸算，我估计不到1小时就烧光了。然后我就又得去林子里伐更多的树。这多乱砍滥伐、破坏环境啊，要是让我们烧煤就好了。

可我们不能烧煤。等哪天我们连石油和天然气也不能烧的时候，冬天唯一的取暖方式就是散步了。

有一天我真的去散了步。走到一块地上时，我原以为那里种了草，结果发现遍地都是萝卜。不过再三研究之后我推断那大概是尚未成熟的大头菜。开头我说过，我可能不太适合务农，因为很多时候我根本不知道自己在干什么，有些事甚至懒得去做。

我不需要健身教练，种地就能强身健体

看得出来，"一月大戒酒"运动已经越来越深入人心。红酒销量增加了三分之一，啤酒增加了将近一半。这还只是人们在制作鸡尾酒时喝掉的部分。龙舌兰的销量猛增56%，而朗姆酒更是暴增64%。

我太理解人们的心情了。第一次居家令颁布期间我也没少喝。每天傍晚，当夕阳从山毛榉的树梢上落下去，并用一片瑰丽的深红与你无声道别时，我便拿出一瓶冷藏过的玫瑰红葡萄酒，打开，坐下来一边喝一边聆听林鸽的叫声，一直喝到我突然发觉该换一杯莫吉托[1]的时候。于是，我就跑到园子里摘薄荷。为了保护我的胃黏膜和肝脏，我用从小溪里摘回来的豆瓣菜下酒。喝完莫吉托再换百利甜

1　莫吉托：一种用朗姆酒、青柠汁、糖和薄荷调制而成的鸡尾酒。

酒，最后上床睡觉。老天爷，那段日子是多么逍遥快活，令人怀念啊。

不过凡事有利必有弊。当居家令解除，我们终于重返世界的时候，我已经胖得没了人样，活像一块踩着独轮车的艾尔斯岩石[1]。

我连弯腰系鞋带都困难；走路的时候裤子像出了交通事故；而我的膝盖又疼得要命，因为它们要支撑我那像界碑一样沉重的躯干。所以，当最新一轮居家令开始实施后，我采取了一种截然不同的策略。

这一次，我打算洗心革面，重新做人。做个更优秀的人。走在街上人们会拦下我，因为他们把我当成了伊基·波普[2]或威廉·达福[3]。我会成为你在《乡村档案》中看到的那种时髦老农，95岁依然能扛着一只羊登上苏格兰的高山。总而言之一句话：少喝酒，多锻炼。

去健身房你都干什么？举几下杠铃，对着镜子孤芳自

---

1   澳大利亚的艾尔斯岩石，又名乌鲁鲁巨石，高348米，长300米，周长9.4千米，是世界上最大的整体岩石。体积虽大，却是单块石头。
2   伊基·波普（Iggy Pop）：美国歌手，朋克音乐教父。
3   威廉·达福（Willem Dafoe）：美国影视演员，曾出演过《野战排》等众多优秀影片。

赏一阵，然后回家。倘若你用传统工具干些传统农活，那么一天下来你必然也会有所收获。

别跟我说你没地，那是理由吗？你不也没健身房吗？你花钱到别人的健身房里健身，如果你肯付钱，我也愿意让你到我的不足道农场上帮我砍柴火。实际上，这或许还能解决因为农业补贴缩减而导致的经济问题。农场主们可以租些斧头，吸引一些年轻的健身爱好者，让他们到林子里砍树去。

现在是一年中最好的时节，播种已经结束，而因为空气湿度大，多风，暂时还不适合喷洒农药。农场主们被迫关心起自己的身体来。除此之外他们只能干些杂活，比如修理大门，替换腐烂的篱笆桩子，补一补被獾拱破的围墙。所以，假如你恰好叫阿拉贝拉或卡米拉[1]，且希望拥有傲人的腹肌，只需给我 100 英镑，我立马就能给你安排工作。

为了杜绝光说不练，我决定从修剪树篱开始，真正行

---

1 阿拉贝拉或许是指英国威廉王子的首任女朋友。而卡米拉则指查尔斯王子的第二任妻子，眼下已荣升英国王后，但在作者写作此书时她的头衔还是康沃尔公爵夫人。

动起来。正常情况下，我会在拖拉机后面挂一台又大又难看的机器，从树篱上梳一遍，树篱中的所有东西都会被绞得稀巴烂。那种效果基本相当于拿电钻在装着牛奶什锦早餐的袋子里搅一搅。正因为此，我们才选择在这个时间修剪树篱，再晚些小鸟就该在里面筑巢了。

但今天我不打算用机器，而是决定亲自动手。这意味着我需要某种工具，也意味着我有机会去逛一逛 StowAg。这是天底下最好逛的农资百货了。如果你需要什么难看得要死但超级实用，且带着浓郁的农民气息的东西，来这里保准不会失望。要是这地方穿了件衬衣，那肯定是维耶勒法兰绒的；要是它穿了双鞋子，那必定是棕色的大头鞋。

一开始我的注意力全被那些猪食槽、饮马桶和一看就很结实耐用的手提电锯给吸引住了，但最终我还是来到了卖剪枝器的区域。可选的类型实在太多，但我这个人喜欢把重量和能力画等号，所以就挑了个最重的。

回到家，我换上健身服：一件猎装绒大衣，每个口袋里装了 20 发 12 号口径的子弹，再穿上一双长筒雨靴，便向着那绿色的巨人出发了——去年，一道树篱把一扇不怎么常开的大门给裹了个严严实实。

我来教你如何干这项工作。首先找到蔓生到大门上的枝条，而后顺藤摸瓜找到它在树篱上的主干，把剪枝器伸进去，双手用力一剪。随后抓住剪下的枝条往外拉，等枝条上的尖刺把你的手划得鲜血淋漓时，放下枝条，回去，开车到 StowAg，买一双结实的工作手套。

没过多久我便得心应手起来。弯下腰，伸出剪枝器，扎稳马步，使出浑身力气剪断更粗的枝条。剪枝器笨重不堪，我的胳膊很快就酸痛难忍，臀大肌紧张得直哆嗦，心脏怦怦跳个不停。外面的气温只有零下 1 摄氏度，我的脸却红扑扑的，大衣里面汗津津的。剪下的枝条堆成了小山，更重要的是，我那扇不怎么用的大门又可以自由地打开了。乔·威克斯[1]锻炼之后能有这样的成果吗？激励先生[2]能吗？

这天下午，我决定在农场上栽些篱笆桩子。这份工作的健身效果更为出众。还是那句话，有一种机器可以轻而易举地搞定这件事，你只需坐在温暖的拖拉机驾驶室里按个按钮就够了。但我选择了传统的方式，用一个打桩器亲

---

1 乔·威克斯（Joe Wicks）：英国网红健身教练，在全世界拥有众多粉丝。
2 激励先生（Mr. Motivator）：英国另一位知名健身教练。

手栽桩。那个打桩器就像一截排水用的钢管，只是一端封着口，两侧各有一个环形把手。

打桩器简单易操作，将工具置于桩子上端，铆足力气，将封口那一端当成锤子用。我在健身房里也见过不少奇形怪状的锻炼器械，可没有一样类似于打桩器。如果把在健身房里使用怪兽 G6 引体吊塔锻炼比作在什罗浦郡联盟运河上钓鱼，那么修篱笆就像在深海中抓青枪鱼。正因如此，篱笆工人里面很少有胖子。

才打了两个桩子，我的胳膊就吃不消了。它们像塞了僵尸香料一样无精打采地垂在我身体两侧。而我还要长途跋涉，爬上全英格兰最陡的山才能回到农场。关键是我兜里还装着一堆子弹，鞋子上的泥巴足有 90 公斤重。

当天夜里我只感觉神清气爽、浑身舒畅，连喝红酒或啤酒的念想都没有。我甚至对莫吉托也提不起兴致，反倒喝了不少我农场上的矿泉水，还用我自种的小麦做成的面包做了个番茄火腿三明治。

农场在我心里有着多重意义：它是风景，是生意，坦白地说，是一笔财富。它能让我把个人资产光明正大地传给子女，而用不着担心税务员找上门来。不过我还从来没想过它会成为我的健身会所。可事实摆在眼前。我之所以强烈推荐，就是因为我前面说过的"一月大戒酒"运动实在太成功了。我很享受在农场上的劳作。

February

二 月

我的猪能逃过上餐桌的命运吗？

　　我的拿手菜是肉末胡椒意面。当然，拿手菜的意思就是唯一会做的菜。做法不难：把里脊肉剁成末，裹上面粉，和辣椒、青椒、洋葱、蘑菇混在一起倒进平底锅，用我自家农场产的植物油炒熟，加一点高汤、奶油和调料，淋在煮好的意大利螺旋面上。味道好极了。

　　用猪肉做的饭菜中，我喜欢的可不止这一种。脆皮、香肠，我都喜欢。我对蒜蓉火腿炒蚕豆的喜爱，不亚于用明火慢烤的口衔苹果的乳猪。

　　去餐厅时，我还喜欢点猪脸肉，除非菜单上有猪脚，这种情况我就选择后者。众所周知，用吐司面包和亨氏番茄酱做出来的培根三明治，是医治宿醉和素食主义的不二良方，它甚至还能治好普通感冒。天底下像猪这样一种动物贡献出那么多菜谱的例子，实在找不出第二个了。鉴于此，我决定养几头猪，充实一下我的农场。

当然，还有其他原因使我动了养猪的念头。猪在觅食的过程中，会把土壤拱得松软适宜，有利于植物的根、茎生长和种子发芽。猪的粪便是上好的肥料，如此我就用不着花那么多时间开着我那8升排量的拖拉机往农场上撒化肥了。所以说，猪浑身是宝，不仅美味可口，用途广泛，对环境也是大有益处的。难怪那么多环保人士看着都像从《绿色的田野》[1]中走出来的阿诺德。

另外，猪还能帮助化解邻里纠纷。比方说你是一个农场主，有户人家的房子就挨着你的地，而这户人家在某些方面让你忍无可忍。正常情况下，你可能去找法庭、找教会、找本地报纸帮忙调解，但以我的经验，这些都没用。比较直接有效的方法是，把你的猪全都赶到和他家相邻的土地上，并警告对方，他们什么时候知道收敛了，你就什么时候把猪赶回去。

说实话，我看不出我的养猪计划有什么不妥的地方。但在全面落实之前，我决定还是先小养几头库那库那猪试

---

1 《绿色的田野》是由理查德·贝尔执导，埃迪·艾伯特主演的一部美国电视剧，讲述的也是农场上的故事。下文的阿诺德是剧集中一头猪的名字。

试水。这种猪在 20 世纪 70 年代差点绝迹，但后来再度时兴起来，就像每个农家小院都会养条拉布拉多一样，但凡有哪怕几亩地的人家，都会养几头库那库那猪。

这种猪皮糙肉厚，生下来就穿着皮大衣，因此特别耐寒，可以常年生活在户外。它们是唯一可以放养的猪，即便没有饲料，仅靠杂草和果皮、菜叶也能快乐地生存下去，而且它们的样子十分可爱。

可能因为猪和人类很相似，它们的器官分布以及肉体组织都和我们相差无几，所以人类经常拿它们进行医学研究，武器专家还用它们的身体测试子弹性能。猪不会自己清理粪便，它们对自己的粪便视而不见。它们有长长的睫毛，像崔姬[1]一样。很多猪能说 40 种外语。最近的一项研究发现，猪能操纵计算机控制杆。它们甚至还能认出镜子里的自己。

以我的经验还发现，猪非常善于逃跑。我把它们放到去年的一块菜地，那里简直是猪的天堂，到处都能找到不要的甜菜、土豆和豆角。我甚至还给它们买了一栋带窗户

1　崔姬（Twiggy）：英国女歌手、模特、演员。

的房子，并精心选择朝向，使它们足不出户就能欣赏到温德拉什山谷的美景。

可显然它们对那栋房子不感兴趣，第一天就撞破电篱笆逃了出去。不知道你有没有赶过猪？感觉跟赶空气差不多。即便你奇迹般地把它们赶了回来，它们瞅一眼出去时电过它们一次的橙色电线，脖子一梗便又蹿了出去。

更糟的是，我发现猪很能跑，恐怕1小时能跑好几百公里。我们6个人花了4小时，好不容易把它们轰回猪圈，半小时后，它们又逃之夭夭了。天又黑又冷，还下着雨夹雪。这次，其中一头猪钻进了树篱，打死都不肯出来。另一头则怒气冲冲地老想咬断我的腿。

昨天早上我注意到它们把自己的房子当成鞍马跳上跳下。下午我接到一个电话，说有人看见我家的一头猪正骑着摩托车沿着德国与瑞士边界上的警戒线一路飞驰。

而今我为这两头猪又修了道木栅栏。当我拿着烂菜叶子去喂它们的时候，其中一头总是坐在猪圈的墙角，往另一边的墙上丢棒球；而另一头猪则专心致志地制作一个状如滑翔机的东西。

农场上的牲畜没一个会安分守己。它们头脑中天生就有逃跑的念头。不过通常它们的逃跑都是缺少深思熟虑的投机行为。我的羊经常在钻树篱的时候被卡住，母鸡奔向自由的同时也会面临偶遇狐狸先生的风险；我的鳟鱼放着好好的池塘不待着，非要跨越 3 米宽的草地往附近的沼泽地里蹦。

猪跟它们不一样。猪能看懂探照灯的照射规律，出去之后总是朝不同的方向跑。出于显而易见的原因，我没有给它们起名字。若真要取名，我就都叫它们斯蒂芬。一个是斯蒂芬·弗雷[1]，一个是斯蒂芬·霍金。它俩的聪明劲儿不输这二人。

然而在某些方面，它们又像小孩子一样。喂食的时候，个头大的那个总是喜欢站在食槽里，搞得小个子那个什么都吃不着。老天爷，它们还经常打架。通常是为了争抢该谁玩它们自制的望远镜。

这让我有些担心，毕竟我养的可是 420 根香肠啊。养猪也是门生意。若你养的母猪怀了孕，生下十几头小猪崽，那么 8 周之后你可以按每只 50 英镑的价格把它们卖

1　斯蒂芬·弗雷（Stephen Fry）：英国影视演员、编剧、制作人、导演。

掉，也可以把它们养大，再按差不多每头600英镑的价格卖掉。当然，这个价就不是纯利润了。

你得把养猪的成本考虑在内。饲料、猪圈、屠宰，不过最终算下来每头猪仍能净赚200英镑左右。虽然不是暴利，但聊胜于无吧。

问题是我挺喜欢这两头库那库那猪。我喜欢它们发出的声音、它们的精神，甚至它们揉成一团的猪脸。我可以毫不心疼地把我的羊送进屠宰场；饿的时候，我也能毫不犹豫地从池塘里抓条鳟鱼；可让我吃掉我的猪，说实在的，我可能下不了口。毫不夸张地说，它们甚至让我戒掉了猪肉。

明天我准备用慢炖锅炖一锅牛肉、甘蓝、芹菜、蘑菇和洋葱。炖6个小时，配上奶油土豆泥吃。以后这就是我新的拿手菜了。

等我喂饱了猪，给它们挠完耳根子，我就去研究一下看能不能用鸡肉做出培根。

观鸟已经成为我农场生活的一大亮点

英国皇家鸟类保护协会成立于 19 世纪末，初衷是为了反对阔太太们利用凤头鹈鹕的羽毛制作裘衣。

这让我感到十分奇怪，因为当时的世界正面临着许多问题。希腊和土耳其在打仗，美国军队在屠杀印第安人（当时还叫红印第安人[1]），英国刚刚发生有史以来第一次恐怖袭击[2]（就在格林尼治天文台），瑞典人发现了二氧化碳与全球变暖的关系，世界各地的人民正因为黑死病、麻风、天花以及霍乱等传染病而大量死亡。

尽管如此，曼彻斯特的一群理想主义者依然认为，

1　当欧洲人在 15 世纪发现美洲大陆时，他们根据其他种族的肤色或外表来为其命名。他们用"红印第安人（Red Indians）"一词来称呼当时的美国原住民，以此和生活在印度次大陆的印度人进行区分。
2　1894 年 2 月 15 日，有人在格林尼治公园发现一名男子被自己携带的炸药炸伤了手，传闻说此人意图炸毁格林尼治天文台。

"是这样。不过现在最重要的问题是阻止那些有钱人继续利用凤头鹛鹛的羽毛装饰他们的裘皮大衣"。

英国皇家鸟类保护协会自成立之日起便处在政治光谱中素食主义的那一端，而今它可谓是工党的马前卒。它没有用巴勒斯坦太阳鸟做它的徽章已经出乎我的意料。

可话虽如此，他们倒也并非不干实事。比如，一年一度且声势浩大的大花园观鸟活动就是他们组织发起的。观鸟很简单，协会呼吁人们在厨房的窗户前安坐一个小时，记录下从花园中飞过的鸟儿。通过这种方式可以更直观地统计出哪些鸟类品种的数量正在增多，哪些正在减少。如今这项活动已经成为全世界规模最大的鸟类调查项目。

因为其规模日益庞大，今年的观鸟尚未开始，网上已经卖出了 30 万颗脂肪球。与此同时，种子的销量也出现火箭式增长。我们本地的镇上已经买不到花生，我只好买了些开心果代替。

没错，我也积极参与了这项活动。我喜欢鸟类，一直也都有养鸟的习惯。我在农场上随意安置了一些小鹰和猫头鹰巢箱，在农场空闲土地上也种植了绿带，让各类斑鸠在那里筑巢，并试着吸引一些濒危鸟类。有一次遇到寒潮，我花了几个小时在地里巡视，只因有人看见我的农场上新来了一只凤头麦鸡。

除了这些努力，我还让树篱自由生长，绝不修剪，所以它们现在看起来乱七八糟。我还在农场上种了许多昆虫们喜欢的花带，从空中俯瞰就像一条条灯芯绒。

我乐意相信这些举措都起到了作用。夏天时，我看见过一群金翅雀。在一道从未修剪过的树篱上，栖息了上百只黄鹂。皇家鸟类保护协会曾经宣布，由于汽车数量的不断增多，这种鸟已经处于极度濒危的境地。是这样吗？他们果真认为黄鹂比其他鸟类都笨，不会躲汽车？还是说汽车司机跑长途时为了不让孩子们感到无聊，会故意冲撞黄鹂取乐？"嘿，孩子们，看看什么撞到挡风玻璃上了。又得10分！"

然而大观鸟活动对农场上的鸟不感兴趣，他们只在乎花园里的鸟。我剥了开心果，在鸟食平台上放了一堆去年存下来的油脂、猪油和谷粒，拿着我的单筒望远镜、笔记本和参考书，开始观测。

首先出现的是只知更鸟，不久又来了只乌鸫，但被知更鸟赶跑了。随后这只知更鸟又赶跑了两只麻雀和一只斑鹣鸰。它净忙着赶这个赶那个，结果我准备的那些鸟食它一口没顾得上吃。

装坚果的那个吊篮里也上演着类似的剧情。一只蓝冠山雀刚落下，就来了一只大山雀。本来篮子里有充足的空间够它们两个大快朵颐，只要它们能和平共处。但那是不可能的。它们决定打一架。于是，翅膀上下翻飞，鸟嘴你来我往，叽叽喳喳叫个不停。

过去，每当爱登堡爵士[1]打算告诉我们一件气候变更记录之外的趣事，他就会说，世间万物总是小心翼翼，使消耗的能量不会高于可利用之食物所能提供的能量。可那两只山雀恐怕得吃上一顿麦当劳的开心乐园餐外加一堆薯条才能弥补它们打架损失的能量吧。

我个人比较期待能见到普通鸳、夜鹰以及绿啄木鸟，可是半小时过去了，我只见到那只饥饿的知更鸟，它依然顽强捍卫着它的领地，现在正像个哨兵一样在那堆美食上巡逻。此外便只有那两只爱打架的山雀。

我们在观鸟者身上能看到相似的性格特征。眼下纽约

1　即大卫·爱登堡爵士（Sir David Attenborough），公认的世界自然纪录片之父，BBC 电视台主持人。

的稀有鸟类观察者中间已经爆发了全面内战。其中一派认为社交媒体不应公开稀有鸟类的栖息地，而另一派则喜滋滋地把他们发现的一种雪鸮的 GPS 定位发到推特上。所有人都在忙着指责对方，即使有只渡渡鸟出现在中央公园，恐怕也不会有人注意。

回到我们的奇平诺顿，我已经开始厌倦花园观鸟。此刻那两只山雀正在演绎《复仇者联盟4：终局之战》里的某个场面，而那只知更鸟正在鸟食周围布置雷区。我把头扭向天空，结果问题又来了。虽然我也懂一点鸟类知识，但我不得不承认，在明亮的背景中，那只棕色的小鸟和其他所有棕色的鸟类看上去并没有太大不同，可它的飞行速度能达到每小时 64 公里。

斯塔莫爵士[1]的空军推出了一款方便的在线指南应用软件，可以帮助我们识别见到的鸟类。可我查到的唯一信息告诉我"那是一只正在天空飞翔的棕色的小鸟"，跟没说一样。所以，我也不知道那到底是什么鸟了。

我不由开始想象，假如我生活在塞舌尔群岛，并在

---

1 凯尔·斯塔莫爵士（Sir Keir Starmer），英国影子内阁脱欧大臣，2020年当选英国工党党魁。

那里从事类似的花园观鸟活动，是不是会收获更多乐趣？那里有种燕鸥，身体像透明的瓷器。若在巴布亚新几内亚呢？那里的乌鸦像发光的卫星天线，像奶油乐队的专辑封面，还像艾德·希兰[1]。

我们这里的乌鸦看上去单调乏味，毫无特色，不过听说它们极其聪明。众所周知，鸽子能看出你身上有没有枪，但乌鸦能看出是什么型号的枪。"哈，不过是一把点410霰弹枪，打不着我的。"

在大花园观鸟40分钟后我便印证了这一点。我带了一把20号口径的猎枪出去转悠，鸽子见了我四散逃窜，乌鸦却像没事儿似的，还当面嘲笑我。它们知道我的枪射程不够。而且它们还向我证明，我的花园里根本没有鸟。

不过有意思的是，周末观鸟结束之后，我每天早上仍然会在花园里放些种子、坚果和脂肪，而后我会花上个把小时用我的单筒望远镜看那些来来往往的鸟儿。今天早上来了只鸲鹟。只见它蹦起两条可爱的小细腿儿刚从墙上跳下来，还没碰到那堆种子，知更鸟就斜刺里冲出来，把它

---

1 艾德·希兰（Ed Sheeran）：英国90后歌手，也是一位出色的创作人。

吓跑了。

真是个霸道的家伙，为了保护它的小小领地，竟然不惧体形比它大两倍的鸟儿。难怪最近它会被英国人选为国人最喜爱的鸟类。

Spring

春

March

三 月

我能拦住洪水吗？

风暴达西，或风暴布莱恩，或风暴伊妮德，管他叫什么呢，反正最近的坏天气迫使近半数的英国农场主有了卖掉农场、寻找其他赚钱门路的念头。比如，去当街头公告员，或者灯夫。

现在种庄稼连喷农药都受到严格限制，所以农场上的大麦只能长到 23 厘米高，和皇家海军的驱逐舰差不多一个颜色。因为脱欧，英国农场主丧失了一半市场；新冠疫情暴发，晕头转向的城里人跑到农场上扯着嗓子喊"芬顿"，那是他们的狗子正追着羊到处跑，把围墙也撞得东倒西歪。

英国政府是指望不上的。他们早就告诉农场主们，今后如果还想挣钱，就别再种粮食，把农场改成生态主题乐园，吸引那些根本不感兴趣的、幻想出来的《卫报》读者的孩子来消费。

除了上述问题，还有一个因素值得注意。素食主义已经从一种仅供六年级的社会主义者们自嗨的小众行为演变成一种近乎疯狂的全国性运动——其流行程度直逼摇铃玩具和宠物石。农夫们小心伺候了一辈子奶牛，生怕它们受了委屈，而今仍然招致四面八方的谴责，因为只要他们养了牛，那便是罪孽。难怪在英格兰和威尔士，平均每三个星期就有一个农夫自杀。

我估计这个数字还会变得更加令人不安，因为全球变暖是当真发生着的。听起来不像坏事，毕竟谁不喜欢暖和日子呢？可轮到我们头上的，却是全国性的持续降水。冬天长达一个月无降水的纪录终于被打破，2020 年二月是英国有史以来雨量最大的月份。英格兰和苏格兰某些地区一月份的降水量比往年高出了一倍。雨水给大部分人带来的只是些许烦恼，但给农民带来的却是灾难。

更糟的是，我们那些可敬的领导人为了保住城镇人口的三室一厅，竟做出了牺牲农村的抗洪决策。农场主们会得到补偿吗？哈，你估计也会笑出声。虽然就此问题也有过提案，但大体上仍然是：为了城里人的利益，农民做出巨大牺牲，而城里人又反过来指责农民卖肉，说他们不够素食主义。

有人建议我也出一份力，说我应该在流经农场的小溪上筑坝拦水，这样小溪下游人家的房子就不会被淹了。谁让我的农场就坐落在山顶上呢！身为模范市民，我去年一年都在干这件事。

我喜欢在溪流上修水坝。小时候全家到斯韦尔代尔度假，我在缪克村外的小河里一玩就是一整天。我总想用石头把河道堵上。可那么做不管在当时还是现在，都是徒劳无功。

水具有不屈不挠的精神。水是终结者。它无时无刻不在寻找漏洞，一旦找到，它就会以迅雷不及掩耳之势逃出禁锢。溃堤往往是一发不可收拾的。我做了六次努力才终于拦住一条小溪，而我之所以能成功，是因为我买了10吨石头、14袋水泥，雇了两个人，定制了一道水闸，动用了一台挖掘机和一台大型水泵。

对付第二条小溪时，我拿出了十二分的认真态度。我戴上胡佛大坝帽，化身狂战士，一通操作下来，小溪原来的面貌荡然无存，摆在眼前的是一幅全新景象。倘若萨姆·门德斯想拍部《1918》，倒可以把这里当作取景地。我创造了高大的陡坡，放倒了一棵棵大树，空气中弥漫着柴油机的烟雾，液压传动轴锵锵的声音就是在和大自然作战。最终我挖出了一个长约 21 米、宽 9 米左右的小湖。我对自己的成就感到无比骄傲，因为在屋里敲键盘可敲不出一湖水。

然而其实还是我考虑不周了，因为牛津郡如今俨然是一个巨型的建筑工地。25 年前我刚搬到这里时，前往高速公路的那半小时车程，道路两旁风景秀丽、绿草如茵，地上满是落叶。而今感觉像来到了萨里郡。每个村落都被新建的房屋包围着，牛津城几乎比洛杉矶还要大。

我们不妨算一笔账。一月份，牛津郡降雨量约为 5.6 厘米。假如你家房顶长 15 米、宽 6 米，那表示它一共接了大约 5200 升雨水。这可不是个小数目。

而按照规划，未来几年城市周边还将建造 2.8 万栋新房屋。这意味着每年将有 13.6 亿升（约 136 万吨）本该直接渗入地表的雨水，却由房顶收集，经排水槽倾泻进下水道，最终排入河流。这么庞大的水量，像一头头难以驯服的狂暴巨兽，很难想象会给河道造成怎样前所未有的压力。

别忘了，除了屋顶，我们还有那么多新修的车道公路以及地面经过铺装的花园需要考虑。随着全国降雨量的增加，我们很快就将面临雨水无处可排的境地。

这种效应在我的农场上已经初现端倪。最近我新修了一栋12米宽、24米长的谷仓。谷仓前是一个水泥硬化过的院子。看着挺漂亮，可到了一月份，将有1.36万升本该渗入地下的雨水会经排水系统直接汇入农场上的小溪。

前几天我做了个流量试验，结果令我大为震惊。夏季时，一条小溪每天的水流量竟有200万升。而上周测得的结果是这个数值的5倍。

一般情况下，我的农场上大约有15处小泉眼，而今却变成了一个大的。地面上几乎每一个缝隙都在往外渗水。其效果在新挖的那处池塘里表现得尤为明显。那根直径10厘米的排水管已经无法满足需要。水位不断上涨，直到冲破堤岸。可惜了我的鳟鱼，随波逐流而去。所以，此刻若有牛津的读者看到这里，下周要是有条鳟鱼游进了你家客厅，你能把它还给我吗？

最近我思考了一些事情，或许在这段绝望的日子里能给广大农场主和土地所有人带来些帮助。英国在治水抗洪方面向来无能。我们生活的这个国度，是全世界降雨最丰富的国家之一。可奇怪的是，只要连续两天不下雨，政府就开始号召我们节约用水，比如洗澡的时候和朋友一起，也不要用软管浇菜浇花。这可能和我们在 20 世纪六七十年代的某些举措有关。当时政府把所有的水库都修到了北方，因为想着会有很多人到北方工作，但结果是人们都跑到了南方，而南方几乎没什么水库。

所以，干脆咱们建水库得了。政府不让我们种庄稼，全国的素食主义者们希望咱们的奶牛也能像它们那些在塞伦盖蒂平原上闲庭信步的非洲表亲一样自由自在，那我们还种什么地养什么牛？都到山谷里筑坝拦水吧。冬天我们就把水库租给那些蠢蛋野泳爱好者。夏天卖给园艺师和需要经常洗澡的人。所有人都不吃亏。

为何我的农场商店会在科茨沃尔德引起争议？

现在只要打开电视，迎接我们的总是一些令人振奋的画面。比如，一个面颊绯红的乡下人正在给小羊接生，或者培育大黄。我们已经有了《农耕生活》《乡村农业比赛》《伟大的英国乡村》《乡村档案》以及《移居田园》等一大批农村题材的纪录片，但我在这个市场中发现了一个空白，因此《克拉克森的农场》便应时而生。

而所有这些节目看完，你可能才刚刚转到第五频道，等待我们的是更多饱含着约克郡和王室之爱的精彩节目：《我们约克郡的农场》《在农场的这一周》《城乡生活对对碰》《开创乡村新生活》《本·福格尔：乡村新生》《万物生灵》《女王在约克郡的农场》《万物生灵：本·福格尔特别版》《本·福格尔在约克郡的女王农场》《约克郡农耕体验》《与安妮公主和本·福格尔在约克郡体验农耕》《与凯特·亨布尔下农场》以及《约克公爵夫妇做布丁》等。

所有这些节目有着一个共同的宗旨，即让城里那些朝九晚五的上班族看看，英国的乡村生活是多么舒适和安逸。

哼。当你看西蒙·佩吉和尼克·弗罗斯特主演的电影《热血警探》时，你会认为影片里的情节全是虚构的，因为很明显一群年过花甲的体面人怎么会仅仅因为别人的房子和穿衣风格与传统的乡村价值观格格不入就大开杀戒呢？可现实中还真不好说。

最近听新闻说，东萨塞克斯郡有个野化达人被当地的市政委员会要求拆掉他在自家花园里修建的生态乐园。他对有关部门的这一决定感到极大地震惊和不安。我们只能希望和祈祷这位可怜的伙计别一时冲动想盖个大教堂出来。

其实问题很简单：在一个村子里，大多数人都和蔼可亲，见了面也乐于和你微笑或挥手致意，但总有那么极个别的家伙待人冷漠，说话又尖酸刻薄。这类人通常被大家称作教区委员。在这个畸形的世界里，他们所谓的资历只是因为他们在一个地方生活的时间足够长久，仅此而已。

所以，倘若你是那种眼界只比鼻尖高一点点，又从没出过远门的人，那你就是村里的元老。你就是海华沙[1]。

我在地方报社当记者的时候，曾连续多年报道过教区委员会的会议，所以我一直以为《蒂博雷的牧师》是一部纪录片。因为它真的特别写实，那些人的确都是些小心眼儿、神经病。

在约克郡一个名叫布林斯沃斯的村子里，议员们曾经用了45分钟讨论要不要给大会添置个新水壶，而后又用了45分钟讨论是买个玻璃水壶还是塑料的。

教区委员会说白了就是一个俱乐部，里面聚集的那群人希望把一切都维持在1858年的样子。如果你搬进一个村子并对那里的某个传统颇有微词，比如五朔节花柱上悬挂的女巫，教区委员会基本上会对你不理不睬。但如果你对自家的花园放任自流，顺其自然，他们说不定会拿大剪刀剪断你的脖子。要是你敢开一家农场商店，那就等着天启四骑士驾着战车、挥舞着带火的战刀来找你算账吧。

1　海华沙（Hiawatha），美洲易洛魁联盟的酋长，奥农多加部落印第安人的传奇领袖。西方人对他的了解主要通过亨利·沃兹沃·朗费罗的著名史诗《海华沙之歌》。

就规模而言，我的农场商店小得毫不起眼，但在科茨沃尔德，它的存在却像一枚装满沙林毒气的核弹头。有时候我真希望自己建的是一座清真寺，或一条碍不着任何人的旁道。那样的话就不会引来如此之多的争议了。

我们理解规划调控的必要性，也明白教区委员会里的那帮热心人有权发表反对意见，可在农村有那么一群人，整天无所事事，就知道反对这个反对那个。他们好像就是为反对和仇恨而生的。

不信的话，你可以在车库上加盖一间房，或者砍倒一棵树试试，到时你就明白我的意思了。

我的商店开业没几天就收到了一封措辞严厉的警告信，说我们那些好吃的冰激凌不合规定，其原材料中使用的牛奶产自13公里之外的格洛斯特郡，而这违反了某项法律条款。因为我在商店里售卖的农产品，必须是产自西牛津郡。

那之后我又陆续收到许多意见：房顶的颜色不对；招牌宽了30厘米；店内不允许出售茶和咖啡；盖在麦秆包上的斜纹棉布违反了防疫规定；停车场影响到了公路安全；腊肠卷卷错了，那个所谓的错处令人匪夷所思；还有我们要是在商店里卖啤酒，游手好闲的年轻人就会蜂拥而至，他们必然会跑到墓地里大小便。

所有这一切只说明了这些所谓的19世纪的守护者是多么落伍。因为当今这个时代，假如你想抨击什么，你得说他们引起了精神健康方面的问题，要么就说他们种族歧视。你说牛奶的产地不合规定，这很难让人心服口服。

说来也怪，我在伦敦生活多年，除了有一次半夜2点在富勒姆路上把垃圾袋当足球踢时惹了点麻烦外，我不记得自己和哪个邻居拌过一次嘴。我想这可能因为住在大城市里的人都不得不与人和睦相处。不管遇到什么事，他们都义无反顾地选择坚忍克己，坦然面对。

然而乡下是个完全不同的地方，甚至可能和你们在电视上看到的正好相反。如果一个地方过去从来没有存在过农场商店这种东西，那今后也不应该存在。尤其开店的老板是像我这种只在当地生活了区区25年的人。我敢打赌，亚历山大·弗莱明发明盘尼西林的时候，村子里的老人们肯定会围着他说，乡下人都忍受腹泻之苦几百年了，他们希望这个传统能延续下去。

令人恼火的是，反对的人从来只是一小撮，而你永远不可能知道这一小撮人都是谁，所以到头来你变得不相信任何人，只好在报纸上写文章嘲笑他们。于是，我就开始思考这个问题。为了不让人头疼，咱们能不能把那些反对者的名字和照片都张贴在社区的公告板上呢？或者让他们出门时都戴上贴了反光条的棒球帽？这样乡村生活也许就能和谐得多了。

April

四 月

脱欧埋下灾难的种子

正如大家所知，此时此刻，整个英国的脱欧派正在欢欣鼓舞，额手相庆。他们骑着印有米字旗的电动车，扬扬得意地奔走相告，说如果他们没有赢得公投，现在的我们应该正往自家门上画红十字呢，而你们家坐在轮椅上的老奶奶仅仅因为咳嗽了一声就会被丢出去[1]。

"看啊，"他们兴高采烈地尖叫着，"欧盟那套运作机制就像一头庞大的官僚主义怪兽，就连德国都没能力把它驯服。而我们英国处处洋溢着自由与高效，每一个男人、女人和孩子如今都接种了适当的国产疫苗。"

就连我也不得不承认，疫苗接种计划取得了引人注目的成功。我估计，这首先是因为我们绕开了效率极低的

1　这里是在暗示"二战"期间纳粹德国的暴行。电影《钢琴家》中有类似情节。

卫生部和几乎一无是处的国民保健署 —— 当然我们绕开的是组织机构，而非医生和护士 —— 把具体工作交给了一个专门的小团队。而他们之所以能成功，用鲍里斯的话说，是因为贪婪。用不着不好意思，事实如此。

然而时至今日，我已经正面领教了脱欧带来的负面影响。说实话，我宁可得新冠……

过去，全球变暖仿佛只和地球另一边那些名字拗口难念的海岛有关系。然而从去年开始，这头怪兽竟趾高气扬地来到了我们大英帝国。天啊，你想象不到我们这里有多热。又热又潮湿。套用《早安越南》[1]里阿德里安·克诺劳尔的话说，这种气候，要是有个女人陪着倒还可以接受，可要种小麦就没那么容易了。

透过我厨房的窗户可以发现，我们今年似乎也面临着同样的问题。写到这里，时间正值三月底。我身处西牛津郡最冷、最多风、地势也最高的农场，地里的油菜却已经开始开花了。由于附近鸽子越来越多，油菜的出苗率并没

---

1 《早安越南》是由巴里·莱文森执导，罗宾·威廉斯和福里斯特·惠特克主演的一部喜剧片。罗宾·威廉斯饰演一位名叫阿德里安·克诺劳尔的电台主持人。

有我预期的那么高，但看上去仍是黄澄澄的一片。这个时节便出现这样的情景，是很不寻常的。

显然气候正在慢慢变化，而我们又无可奈何，因此我决定顺其自然。

这本该是珊瑚虫需要考虑的事情。与其坐在澳大利亚海岸晒白白，吐槽水温太高，何不游到英国的亨伯河口，在那里安家落户呢？我们在自然节目中看到的那些大象也面临同样的境地。它们踩着泥坑直纳闷，河呢？来吧，伙计们，你们不是都很聪明的吗？如果出现了缺水问题，那就迁徙到曼彻斯特来吧。

英国的农民们也该学着点。现在我已经积攒了许多个星期的务农经验，因而决定放弃原先用于做面包的普通小麦，改种硬质小麦，以适应变化的气候。

顾名思义，硬质小麦比普通小麦要硬一些。这是人类上万年前就培育出的品种，特别能适应艰苦、干旱及高温等恶劣环境。假如英国从今往后都将处在这样的环境条件下，那我们也只能种这种小麦了。而我打算做第一个吃螃蟹的人，就像方程式赛车中最先更换轮胎的赛车手。我要一马当先，引领潮流。

全世界范围内，硬质小麦的种植仅占全部小麦种植面积的 6%。为什么种得少？用你们的话说，因为它对用户不够友好。这种小麦质地偏硬不好研磨，其外壳易碎，会产生大量麸皮。另外，用农民的话说，这种小麦的淀粉酶活性检测很容易不过关。除非你以最快的速度收割并出售，否则就只能留着喂鸡了。

听说我愿意尝试种硬质小麦，本地面粉厂的那个家伙倒挺开心。因为最近几年英国对硬质小麦的需求出现了猛增势头。原因显而易见。越来越多的中产家庭开始用硬质小麦粉做意面，此外生产小面包干以及制作地中海东部地区特色菜肴也要使用硬质小麦粉，比如黎巴嫩特色食品塔博勒色拉、伊朗美食卡什克、碎羊肉面饼以及肉饭里用的焦干碎麦等。哈德斯菲尔德几乎每一家外卖餐馆都以供应这些饭食为主。

我不由暗自得意。总算有了新的农作物可以应对高温干旱的气候。而磨成的面粉在那些钟情啤酒烤肉的人群中也颇受欢迎。这可谓双保险了。

在英国想买到硬质小麦种子可不容易，因此，我通过一系列的中间人，在法国罗纳河谷的一个育种家那里下了订单。没过多久，3 吨小麦种运到了法国加来，结果却卡在了繁文缛节上。

法国海关说，除非我能提供货品的出口海关备案号，否则他们将无法放行。然而身处海峡这边的人根本不知道何为海关备案号。你用不着白费工夫让他们给解释，因为他们只会把高卢人的肩膀耸给你看，那是全世界都看得懂的姿势：关我屁事。外加一点冷眼旁观的嘲讽："谁让你们退出欧盟呢！"

我花了 4.5 万英镑买了一台崭新漂亮的条播机，折腾了半天，断了几个指甲，最后终于在农场经理的帮助下，把它安到了我那辆像宝贝疙瘩一样保养良好且加满了油的兰博基尼拖拉机后面。我已经万事俱备，蓄势待发。种子却迟迟无法到位。

几个星期过去了，天气越来越热。温度计显示气温已经超过 24 摄氏度。我不由担心起来，搞不好我已经错过了最佳播种期，现在即便种子运到恐怕也不能播种了。我郁闷极了，昨天上午开车去找一个支持脱欧的邻居，大骂他是个傻 ×。我真的骂了。我把车开到他家门口，骂了一声"傻 ×"后，就赶紧开车回来了。

我的遭遇绝非个例。就这段时间，你不妨试试从荷兰订购花种，或出口谷物和秸秆。我知道，人们总说欧盟与英国之间是畅通无阻的，脱欧不会给海峡两岸的交通带来影响。但从我的处境看，某些人显然是站着说话不腰疼。

令人高兴的是，昨天下午，事情有了转机，这多亏了一个叫西蒙·贝茨的人。我敢肯定这不是每天早上用《岁月如歌》[1]把全国人民感动得稀里哗啦的那个西蒙·贝茨，但谁知道呢，也许就是他。总之他是我供应链中的一个中间人。他发现所谓的海关备案号和某种混合增值税税号是一回事。解决了备案号的问题，种子顺利放行。今天上午，一辆重型铰接式卡车"刺"的一声停在了农场上。写作的工夫我都能听见叉车倒车的声音，那表示它正在把种子加入条播机。

那才是我今晚应该在的地方。当太阳告别这个灿烂的春日，我应该坐在驾驶室里，手里拿着一瓶冰啤酒，一边留意着花团锦簇的树篱上有没有鸟窝，一边小心驾驶着拖

1　BBC 一档音乐广播节目，西蒙·贝茨是主持人。

拉机在我的地里来来回回播种小麦。脱欧让英国的农业雪上加霜，尽管如此，我还是应该高兴才对。

May

五 月

务农在英国属于高危行业

也许这是所有电动产品都逃不开的宿命。我那栋新谷仓的自动门最近坏掉了。这意味着我那满仓的小麦变成了老鼠和野鸡的口粮——因为疫情期间打猎少了，一年下来野鸡数量增加了不少——而我的谷仓也变成了一个全天不打烊的动物餐厅。

通常我需要及时关上大门，可是开关机构箱在我头顶之上将近5米的地方。我的农场上没有一个梯子。我信不过那玩意儿。凡是需要爬高上低的工作，不管你的防范措施做得多么充分，最后总是要吃亏的。

就在最近，我一个伙计站在活梯上给房梁刷漆的时候，梯子最上一级横档突然断裂。他直接从最上面掉了下来，两条腿分别插在梯子的两侧，身体骑在次一级横档上。因为手里提着油漆，他无法支撑身体，结果把这一级横档也压断了，随后就像多米诺骨牌似的，他一级一级地压断了所有的横档，直至落到地面。难以置信的是，他手里的油漆居然一滴没洒。

我耳朵里至今仍回响着他尖厉的惨叫声，所以我是绝对不会为了关上谷仓的门就爬上那个有可能要我老命的木头杀人机器的。更何况我身边还有一台杰西博伸缩臂叉车呢。

几乎每一本安全手册的第一条都说不能用叉车举人，我知道，但就是从来没有机会领悟如此规定的原因。叉车不是电动装置，而是机械的，这就表示它不会无缘无故地突然出错。因此我叫了莉萨来帮忙。她是爱尔兰人，因此操作建筑设备十分有天赋。我就让她用叉车把我举到了屋顶。

毫不意外，我没有成功。谷仓大门依旧敞开着，但好在我也没有出意外。写到这里我不由拍了拍木头[1]，经营农场18个月来，我还没有受过伤咧。

我的拖拉机驾驶员因为把肥料撒进耳朵进了医院——

1　和中国人一样，说了什么不吉利的话，英国人也会用拍木头的方式化解。

别问怎么弄的——另一个家伙用射钉枪的时候把自己的腿钉在了脚手架的木板上。而我？我毫发无伤，全须全尾。身上没多一个窟窿，胳膊腿儿也都健在。

这让我显得那么与众不同，要知道农业可是英国危险系数最高的行业。一直被我奉为《圣经》的《农场主周刊》几个星期前报道说，过去一年，英国农业从业人员死亡人数超过 50。这是 25 年来的最高纪录。它意味着每个星期就有一个农场主或务农人员早上离开餐桌和家人告别说"回头见"时，结果却再也见不到了。

显然，来到英国乡下，就等于来到了一片充满杀戮的战场。别忘了，这个数字并不包括数目众多拿着断臂跑回家求救，以及那些丢了腿或丢了尊严，只能躺在秸秆包上等待救援的可怜人。

眼下"马克尔教"[1]正如日中天，在他们的鼓吹下，哪怕是一个士兵的感情也是不容伤害的，所以他们的伤亡率

1　指哈里王子的妻子梅根·马克尔（Meghan Markle）及她的粉丝们。梅根是演员、人道主义者、慈善公益大使，她在社交媒体上拥有大量粉丝，言论影响力巨大。本书作者克拉克森曾写文章讽刺他们，并调侃他们是马克尔教。比如，新闻报道加州某所学校的数学课不再强调答题的准确性，理由竟是有种族歧视的嫌疑。梅根在社交媒体上发表过支持此类行为的言论。作者并不赞同这种过分政治正确的做法。

比农民还低。纵观各行各业，比农业伤亡率更高的行业几乎没有。就连警察也要甘拜下风。还有战地记者和摄影师。喀，我估计就连刚果金钻矿里的矿工存活率都比英国农民高。

当然，原因是显而易见的。大部分农场从业者都喜欢骑四轮摩托，可这种东西是自克莱夫·辛克莱爵士[1]某天早上突发奇想说要发明一种"电动拖鞋"以来最不可靠的交通工具了。实际情况就是：只要你骑四轮摩托，翻车是迟早的事。

一群旅行者住在离农场不远的公路上，他们有许多四轮摩托。在某些宜人的晚上，我们能听到他们在飞跃障碍，玩后轮平衡特技。许多邻居抱怨他们太吵，还碾坏了地面，我却不以为意。因为很快就会消停的……

还有其他问题，比如拖拉机的后边对我来说是个非常危险的地方。农场的地面通常比较湿滑，你在保持平衡的同时还要努力把各种笨重的机械装置连接到拖拉机上一个总是沾满油污的曲面上。而你大多时候都是孤身一人且身

---

1 克莱夫·辛克莱爵士（Sir Clive Sinclair）：家用计算机先驱，口袋计算器的发明者。还曾试水电动汽车领域。

处野外，十有八九会碰巧在夜里，天还下着雨。

有时候你看宇航员试图重启故障卫星，心里不由感叹："哦，那看起来好危险。"但和操作拖拉机相比，那就像在戈德尔明镇上当老师一样轻松自在。不妨想象浑身涂满婴儿油在缅甸的某个锯木厂里玩扭扭乐。如此你便能理解了。

在农场上还有一个担心是怕被压死。我甚至不愿去想这回事，可很快我就不得不面对这样的风险。因为又到了一年当中该给禁猎区耕一耕地的时候。而我的其中一片禁猎区位于一面陡峭的斜坡上。去年开着拖拉机从坡上过时，我吓得几乎坐在侧窗边。我很清楚拖拉机随时都有侧翻的可能，若真的翻车，我会像一根帐篷桩一样被砸进地里。听说这是最痛苦的死法。

但我觉得被火烧死更痛苦，这也是我每月都要体验一次的冒险经历。由于天气潮湿，有些东西很难燃烧，我就打算浇点柴油。少了不管用，我直接拎了一个桶，里面有四五升，倒在我以为已经熄灭的火堆上，结果"轰"的一声。显然火堆还没灭。

好在我只被烧掉了眉毛。但我觉得总有一天我也会像

《拯救大兵瑞恩》里那些被打爆的火焰喷射兵一样，浑身被大火吞噬，疼得手舞足蹈却又无能为力。而且这一天似乎并不会太远。

然而我又听说，在我们乡下，被烧死、摔死或被拖拉机砸死还不是最大的危险。最近有报道称，一个人死于阿斯利康新冠疫苗血栓的概率和被奶牛弄死的概率差不多。我们听了大受鼓舞，毕竟只有远在西班牙那些穿着缎面制服的人才有被奶牛搞死的机会。

事实却并非如此。奶牛是极其危险的动物。报告显示，奶牛是英国乡下人的最大杀手。它们不光袭击农民，还会袭击过路的。

我考虑过养几头黑白花奶牛，因为我对它们颇有好感，但有人跟我说黑白花奶牛里的公牛比骑着四轮摩托的咸水鳄鱼还要危险。而且它们特别记仇，心思又缜密。哪怕你只是奇怪地看了它们一眼，它们也会牢牢记在心里，并盘算着在随后的日子里找机会干掉你。可以说它们就是一身黑白花的终结者。

所以，下次再看《登月第一人》或《太空英雄》时，你尽可以赞叹那些试飞员英勇无畏、技术精湛，但请你不要忘记，和我们农场主比起来，尤其养牛的农场主，尼尔·阿姆斯特朗和查克·叶格[1]都是弱鸡。

1　此二人是前面提到的那两部影片中的主人公。尼尔·阿姆斯特朗（Neil Armstrong）为登月第一人；查克·叶格（Chuck Yeager）是"二战"中的王牌飞行员，后来成为美国空军和 NASA 的试飞员。

从我的土地上滚出去

　　我的油菜出了点问题。秧苗呈簇状，散散乱乱，颜色像蛋黄粉。有人说是被鸽子吃得太厉害了；有人说都怪政府对农药限制得太死；还有人说是我们刚刚经历的这个春天太过寒冷。可问题是仅仅 800 多米之外，我邻居家的农场上却没有类似的情景。他们的庄稼生机盎然、郁郁葱葱，艳丽多姿得犹如杰西博的农机外衣。

　　我望着邻居家的地，内心五味杂陈。感觉像去参加一个大派对，结果其他家长的孩子一个比一个优秀，一个比一个出类拔萃。假如你家孩子是卖运动服的，整天跟一些傻瓜打交道，你肯定不想听到其他家长说"我家鲁伯特在国际空间站工作"或"我家亚历克斯是研究冷聚变的"。

　　坦白说这事儿得怪我自己。因为检查发现，在一块长势不好的地里竟有四四方方的一片区域上没有长一棵苗。

想必是我在操作播种机的时候按错了按钮。另一块地，叫"贝克补丁"——每一块地都有个不伦不类的名字——种的东西只存活了一半，另一半齐刷刷地死掉了，分界线比拿尺子量过的还要直。鸽子糟蹋庄稼的时候可不会这么讲究。

在以"詹姆斯·梅是个蠢货"命名的那块地里——这名字很可能是我自己取的——大约有61亩自生油菜。所谓"自生油菜"，就是没人管理，听天由命。可它们居然比我辛辛苦苦种了几个月的油菜长得还好。

唯一的好消息是今年油菜籽的价格涨了不少。这主要因为全欧洲都禁用新烟碱类杀虫剂——这种农药会杀死蜜蜂——结果许多农场主干脆放弃种植油菜，于是就出现了供不应求的局面。

就算我只种了一小撮，也能换来一大把钻石。

不过有一点让人担心的是，倘若本地油菜价格上涨，那么植物油的价格自然也会水涨船高。这就意味着消费者很可能会选择价格相对低廉的棕榈油。那可就不妙了。

不久前，爱登堡爵士做了一期节目专门介绍生活在苏门答腊岛上的猩猩。其中有一幕格外惊心动魄，表现的是

211

大猩猩教年幼的猩猩如何荡过一条遍布鳄鱼的小河。我禁不住想："它们为什么要那样做呢？就一直待在河这边等小猩猩长大了再说不行吗？"

随后的无人机视角为我们解开了谜团，并成功让观众意识到了问题所在。原来适合猩猩生存的丛林仅从河岸朝两边延伸几百米而已。几百米之后便是一望无际的棕榈树林，但那里并没有猩猩生存所必需的东西。那是人类开垦出的棕榈农场，只是为了让那些在生态方面一贯双标的西方人能吃上既营养又美容养颜的棕榈油。

这些人不喜欢吃我的菜籽油，他们甚至说菜籽油会让他们打喷嚏。所以，他们宁可多死几只红毛猩猩也要吃进口的棕榈油。此外，还有一个无比充分的理由，他们从不关心自己接触到的任何东西从何而来。他们坐在餐桌前，面对着牛油果做的早餐，然后跟朋友说他们只吃本地的、碳中和的食物，可真是这样吗？他们只是不想多花钱罢了。

所以，我才由衷支持爱丁堡公爵奖励计划。因为这个计划，青少年才愿意在周末的时候坐上公交车到乡下来转转。在这里他们好歹能了解到自己平时吃的赛百味里的面包是从哪里来的。

　　这个月早些时候，我的花园里就来了一帮年轻孩子。他们有的在尝试生炉子，有的在抱怨手机信号不好，有一个拿着卫生纸朝我的树篱走去。我若无其事地走过去和他们打招呼。"有什么需要帮忙的吗？"农民这样说，意思就是"从我的土地上滚出去"。

　　一问才知，他们是参加爱丁堡公爵奖励计划的学生。他们的老师无疑是个自大的社会主义者，认为私人占有财产就是一种盗窃行为，并建议他的学生一定要到房子最大的那户人家的花园里去吃午饭，而那个拿着卫生纸的姑娘原来是想上厕所。

　　"你总不能到我的树篱中间拉屎吧，"我说，"你又不是牲口。到农场上去吧，好歹那里有厕所。"

　　这时，有个老师模样的人跑过来阻止。显然，他带着一群小女生钻林子没事，而我要带一个女生去用一下我的厕所就是很严重的问题了。

　　因此，这个女生要想用厕所，必须得有一个人陪同，而这个人不一定非得是女生。在我还没想到该用什么代词称呼对方时，我猛然又想到了防疫问题。按照规定，我们必须保持 2 米左右的社交距离，还要穿上防护服。这种情况下我该怎么把他们送到农场呢？在我们考虑这个问题的时候，那位需要上厕所的女生早就憋得满脸通红了。

随后我的拖拉机驾驶员打来电话，说那位老师的标致车挡住了路。于是，我便叫他去挪车。哪知这位老师立刻搬出一大堆关于"权利"的说辞，说那是一条公用的人行小道，他有权把车停在那里。我自然不会惯着他，立刻用他自己的话反驳说，公用的人行小道上是不能行车的，也不能野餐，更不能拉屎。

此刻那位需要如厕的女生已经脸红得像 U 形潜艇上的锅炉，恰在这时我又听说有一群顺性别者[1]进了我另一块叫作"采石场"的土地——它叫这个名字只是因为那片地上没有采石场，而有采石场的那块地叫"钱庄"。

我一听立刻把防疫条令抛之脑后，就近将那位快要爆炸的女生丢在沼泽地外，飞也似的冲下小径，跑过一堆乱停乱放的标致车，前去查看到底怎么回事。

1　顺性别者是跨性别者的反义词，用来形容那些对自己的生理特征和生理性别完全接受甚至喜爱的人，即顺应自己生理性别的意思。这是为了和跨性别者区分而创造出的词汇。

我见到的情景真让我气不打一处来。在一条我最近才花大价钱种好、专门供斑鸠栖息的绿化带里，一群小屁孩儿正玩得不亦乐乎，看着就像在拍一部表现不羁少年的青春电影。我知道，他们是一群刚刚走出舒适区的孩子。即便如此，他们也不能把用过的手纸丢进我为那些新栽的树设计的排水管里啊。我尽量克制着自己的情绪，冷静而严厉地问他们老师在哪儿。

　　结果是他们的老师在村子里。一群孩子手里什么都没有，只依靠老师的标致车为参照物保证不迷路，如此在地里四处乱转。这不是胡来吗？让孩子们到野外透透气本来是好事，可也不能像放羊一样不管不顾吧？没有老师的讲解和指导，他们靠什么来认识这片土地？

　　我特别想跟他们好好解释一番我的想法，劝人们少买棕榈油，多吃菜籽油，但我觉得这些卡戴珊和色拉布[1]的狂热追捧者恐怕很难理解我的观点。况且这里面还要用到一个敏感的同音字，搞不好是要坐牢的[2]。

　　那些孩子现在都回学校去了。他们学到了些什么呢？

1　色拉布（Snapchat）是一款基于照片分享的社交应用软件。
2　英语中油菜的单词为 rape，它的另一个意思是"强奸"。

乡下手机信号不好，乡下很冷，乡下人全都大腹便便，脾气暴躁。

附 言

　　一本书写到这里毫无征兆地戛然而止，让人多少有些猝不及防。就像《豺狼之日》[1]说到杀手刚掏出他的拐杖狙击枪就没了下文。可咱们聊的是农场上的事啊。在这里，迈克尔·朗斯代尔可不会拿着机关枪破门而入。农场上的故事没有结局，它时刻不停地继续着。

　　我们通常习惯把一次大丰收当作结尾，实则不然。因为当最后一辆运粮的卡车开走时，农民们又回到他们的地里，开始为下一季的播种做准备了。

　　我原本也以为在农场干上一年之后，我可能会重回伦敦，今后就靠别人种的东西养活自己。然而在这个迷人

---

1 《豺狼之日》是英国作家弗雷德里克写的一部暗杀类小说，后被导演弗雷德·金尼曼拍成电影，讲述英国职业杀手受聘暗杀法国总统戴高乐，法国警方全力阻止暗杀行动的故事。下文的迈克尔·朗斯代尔是片中演员。

的九月，树上的叶子刚刚渐变出橙、褐以及红等美丽的色彩。回首过去 12 个月的经历，我毫不奇怪自己萌生出了留下来的想法。尽管这一年下来我每天的平均收入只有 40 便士。

我从来没对任何事特别认真过。在我看来，活得有趣才是人生。但经营农场使我认识到，做一些正经且有益的事，同样也能收获快乐。

所以，就这样吧。我喜欢写农场上的故事，但我更喜欢在农场上忙来忙去。

——"老农民"杰里米·克拉克森

北京市版权局著作合同登记号：图字 01-2023-0175

图书在版编目（CIP）数据

克拉克森的农场 /（英）杰里米·克拉克森著；吴超译 . —北京：台海出版社，2023.3（2024.7 重印）
书名原文：Diddly Squat
ISBN 978-7-5168-3482-4

Ⅰ.①克… Ⅱ.①杰…②吴… Ⅲ.①随笔—作品集—英国—现代 Ⅳ.① I561.65

中国版本图书馆 CIP 数据核字（2023）第 015522 号

克拉克森的农场

著　者：〔英〕杰里米·克拉克森		译　者：吴　超	

出 版 人：蔡　旭　　　　　　　　　　责任编辑：俞滟荣

出版发行：台海出版社
地　　址：北京市东城区景山东街 20 号　　邮政编码：100009
电　　话：010-64041652（发行，邮购）
传　　真：010-84045799（总编室）
网　　址：www.taimeng.org.cn/thcbs/default.htm
E - mail：thcbs@126.com

经　　销：全国各地新华书店
印　　刷：嘉业印刷（天津）有限公司
本书如有破损、缺页、装订错误，请与本社联系调换

开　　本：787 毫米 × 1092 毫米　　1/32
字　　数：146 千字　　　　　　　　印　张：7.25
版　　次：2023 年 3 月第 1 版　　　印　次：2024 年 7 月第 9 次印刷
书　　号：ISBN 978-7-5168-3482-4

定　　价：48.00 元

大魚讀品

A
BOOK
MUST
BE
THE
AXE
F☐R
THE
FROZEN
SEA
INSIDE
US

所谓书，必须是砍向我们内心冰封大海的斧头

-

卡夫卡

KAFKA

BIG FISH BOOKS

大鱼读品是磨铁图书旗下优质外国文学出版品牌，名字来自美国小说家丹尼尔·华莱士的小说《大鱼》。我们认为小说中的大鱼象征着无限的可能性，而文学一直在试图通向无限。

大鱼团队将持续地去发现这个世界精神领域的好东西，通过劳作，锤炼自己，让自己有力，让好作品更好地被传播，从而营养自他，增进自他福祉。

大鱼的读书观、选书观基本可以用卡夫卡的这句话高度概括：所谓书，必须是砍向我们内心冰封大海的斧头。

THE UNLIKELY PILGRIMAGE OF HAROLD FRY

一个人的朝圣

[英] 蕾秋·乔伊斯 著 黄妙瑜 译

欧洲首席畅销小说,热销 5 年不衰,入围 2012 年布克文学奖。全球销量过 400 万册,简体中文版销量过 150 万册。

这一年,我们都需要他安静而勇敢的陪伴。

RACHEL JOYCE

THE LOVE SONG OF MISS QUEENIE HENNESSY

一个人的朝圣 2:奎妮的情歌

[英] 蕾秋·乔伊斯 著 袁田 译

《一个人的朝圣》相伴之作
系列简体中文销量超过 300 万册!
当哈罗德开始旅程的同时,奎妮的旅程也开始了。
哈罗德被千万人爱着,奎妮也一样。

这一年,我们都需要她安静而笃定的陪伴。

MISS BENSON'S BEETLE

本森小姐的甲虫

[英] 蕾秋·乔伊斯 著 李松逸 译

《一个人的朝圣》作者蕾秋·乔伊斯全新力作,再度书写我们内心的朝圣之旅。
这是一个关于反叛与出逃、颠覆索然无味的生活,突破困顿与平庸的故事。

有关于三个人,两位女性,一次冒险。

PERFECT

时间停止的那一天

[英] 蕾秋·乔伊斯 著 焦晓菊 译

触动万千读者的全球热销书
《一个人的朝圣》作者口碑新作

别害怕失去生活的勇气，因为它一刻也未曾离开过我们。

THE MUSIC SHOP

奇迹唱片行（2021年新版）

[英] 蕾秋·乔伊斯 著 刘晓桦 译

当你静下来聆听，世界就开始变化。
这儿有家唱片行。一家明亮的小小唱片行。
门上没有店名，橱窗内没有展示，店里却塞满了古典乐、摇滚乐、爵士乐、流行乐等各种黑胶唱片。它时常开到深夜。
孤独的、失眠的、伤心的或是无处可去的……形形色色的人来此寻找唱片，或者，寻找自己人生的答案。而老板弗兰克，40岁，是个熊一般高大温柔的男人。只要告诉他你此刻的心情，或者讲讲你的故事，他总能为你找到最合适的唱片。
一个关于跨越藩篱、不要畏惧未知的疗愈故事，一首跳动着希望和温暖的动人情歌，还有声音那抚慰人心的神奇力量。

A SNOW GARDEN & OTHER STORIES

一千亿种生活

[英] 蕾秋·乔伊斯 著 吕灵芝 译

全球热销书《一个人的朝圣》作者蕾秋·乔伊斯
首部不可思议的魔力治愈故事集。
我们的相遇不过是一个无比平凡的意外，生活还有一千亿种可能。
致所有独自行走在热闹生活中的你。

《带上她的眼睛》中英双语版

刘慈欣 著 [美] 周华 (Joel Martinsen) 等译

收录银河奖一等奖作品、入选七年级教材的《带上她的眼睛》、银河奖读者提名奖作品《吞食者》《诗云》《思想者》、网友票选人气中篇《山》等八个中短篇科幻故事。

向外探索宇宙深空，向内探索地心世界。本辑围绕宇宙中不同形态的智慧生物展开浪漫的科学想象，将艺术哲学和科技发展融合，讲述不同物种之间的文明交流与碰撞。

《流浪地球》中英双语版

刘慈欣 著 [美] 韩恩立 (Elizabeth Hanlon) 等译

收录银河奖特等奖作品《流浪地球》、银河奖大奖作品《全频带阻塞干扰》《地球大炮》《中国太阳》、入选 2018 年高考阅读题作品《微纪元》、宁浩电影《疯狂的外星人》原作《乡村教师》等六个中短篇故事。

围绕太阳灾变、人类浩劫这一科幻主题、讲述人类在绝望中寻找希望，在宇宙剧变之中以信仰的力量对抗命运。

"整个宇宙，不过是百亿年前一次壮丽焰火的余烬。"

《时间移民》中英双语版

刘慈欣 著 [美] 刘宇昆 (Ken Liu) 等译

收录银河奖大奖作品《赡养人类》《镜子》、柔石小说奖短篇小说金奖作品《赡养上帝》等七个中短篇科幻故事。

围绕时间与空间这一科幻主题，讲述了人类探索无限生命与科技的浪漫幻想。

"他率领着这个时代的 8000 万人，沿着时间路上了逃荒之路。"

SHANTARAM

项塔兰

[澳大利亚] 格里高利·大卫·罗伯兹 著 黄中宪 译

一个文艺大盗的 10 年流亡，成就一部传奇经典，
人生低谷时必读的涤荡心灵之书！
全球畅销 600 万册，发行 122 个版本，被译成
39 种语言。

THE AWAKENING
觉醒

[美] 凯特·肖邦 著 齐彦婧 译

她一遍遍问自己：什么才是真正的生活？
美国女性文学代表作，因"大逆不道"成为禁书，
再版 100 余次，121 年来长销不衰，被誉为"蒙尘的经典"。
因在文学上的卓越贡献，作者故居被评为美国国家历史
名胜。
作品被选入大学教材，成为美国大学生必读书。
作家、资深媒体人郭玉洁 4600 字深入导读。

SOUFFLÉ
忧伤的时候，到厨房去

[土] 爱诗乐·沛克 著 韩玲 译

莉莉娅某天醒来发现，她的婚姻可能并不是看上去那么
美好；马克仍然无法面对挚爱的妻子离开后空荡荡的公
寓；菲尔达深陷在原生家庭的泥淖中。但是他们都只想
做的事情是——随着心中还留下的热情走：带着一颗自
由的心灵为真正爱的人下厨。
"看到季节的更替清晰地反映在农贸市场里时，他才第
一次明白整个世界就是一件完整的艺术品。"
纽约，巴黎，伊斯坦布尔。三个城市，三场挫败，三个
厨房，一曲人生的舒芙蕾之歌。

EN MAN SOM HETER OVE

一个叫欧维的男人

[瑞典] 弗雷德里克·巴克曼 著 宁蒙 译

北欧小说之神巴克曼公认口碑代表作
全球销量超过 1000 万册，豆瓣读者 9.2 高分推荐
改编电影提名奥斯卡最佳外语片
来，认识一下这个内心柔软、充满恒久爱意的男人。

BJÖRNSTAD

熊镇

[瑞典] 弗雷德里克·巴克曼 著 郭腾坚 译

全球热销1300万册的瑞典小说之王
弗雷德里克·巴克曼
《一个叫欧维的男人》《外婆的道歉信》
《清单人生》之后超越式里程碑新作

读第一遍，有100处细节征服你；
读第二遍，又有100处。

我们守护什么，我们就成为什么。

VI MOT ER

熊镇 2

[瑞典] 弗雷德里克·巴克曼 著 郭腾坚 译

李银河、吴磊、马天宇、冯唐、李尚龙、七堇年、笛安、
陶立夏、柏邦妮书单
不仅关于冰球和运动，更写尽了成长为一个真正的人
所面临的一切抉择和思索。

我们守护什么，我们就成为什么。

FREDRIK BACKMAN

OCH VARJE MORGON BLIR VÄGEN HEM LÄNGRE OCH LÄNGRE

人生第一次

[瑞典] 弗雷德里克·巴克曼 著　余小山 译

第一次相遇，第一次告别，第一次陪伴，第一次的爱。
这个奇妙又温柔的故事，让你想起那些和家人、爱人共度的好时光。
外面世界的精彩，远不敌眼前人的可爱。

김탁환

살아야겠다

我要活下去

[韩] 金琸桓 著　胡椒筒 译

以 2015 年韩国流行传染病 MERS 为事件背景，以三位普通患者的经历为主线，还原冰冷数字背后一个个真实而有尊严的生命的容貌。
我不是怪物，不是"传播病毒的人"。我和你一样，只是一个被莫名其妙的厄运砸中，拼命想回到平淡日常生活的普通人而已。

공지영

도가니

熔炉（10周年修订版）

[韩] 孔枝泳 著　张琪惠 译

读者票选能代表韩国的作家、韩国文学的自尊心孔枝泳口碑代表作
孔侑念念不忘，亲自投资主演同名电影，位列豆瓣电影 TOP20，9.3 超高分
韩国前总统李明博激赏，李现、朴赞郁、张嘉佳郑重推荐
我们一路奋战，不是为了改变世界，
而是为了了不让世界改变我们。

채식주의자

素食者

[韩] 韩江 著　胡椒筒 译

亚洲首位国际布克文学奖得主获奖作品

享誉全球的现象级杰作，锐利如刀锋，把整个人类社会
推上靶场。

为了逃避来自丈夫、家庭、社会和人群的暴力，她决定
变成一棵树！

흰

白

[韩] 韩江 著　胡椒筒 译

国际布克文学奖得主韩江再度入围国际布克文学奖之作

英国《卫报》评选"今日之书"

这是韩江在白纸上用力写下的小说，是 63 个有关白色事
物的记忆。

我想让你看到干净的东西，比起残忍、难过、绝望肮脏和
痛苦，我只想让你先看到干净的东西。

엄마를 부탁해

请照顾好我妈妈

[韩] 申京淑 著　薛舟 / 徐丽红 译

她为家人奉献了一生，却没有人了解她是谁。

缔造 300 万册畅销奇迹的韩国文学神话，获第 5
届英仕曼亚洲文学奖

作者申京淑为第一位获得此奖的女性作家

每读一遍都热泪盈眶，真诚的文学饱含永不过时
的情感和力量。

读完这本书，我想给妈妈打个电话，问她：

"妈妈，你也曾有自己的梦想吧？"

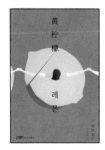

레몬

黄柠檬

[韩] 权汝宣 著 叶蕾蕾 译

黄柠檬，是姐姐死前穿的连衣裙的颜色。
如今，它是复仇的颜色。
50 位韩国作家票选 2019 年年度小说！
纽约时报编辑推书，Crimereads 年度最佳犯罪小说
一本小说版的《寄生虫》，悬疑与情感交织的心灵之诗
若有一天神也对我们闭上双眼，我们该如何面对人生的废墟？

TELL THE WOLVES I'M HOME

告诉狼们我回家了

[美] 卡萝·瑞夫卡·布朗特 著 华静文 译

《杀死一只知更鸟》之后，我们终于再次等到一本感人至
深的成长经典。横扫《出版人周刊》《纽约时报》等各大
畅销榜，入围国际都柏林奖长名单，获评全球亚马逊编辑
推荐年度最佳图书。
世界上，有各种各样的爱，这些爱很难用"对"或"不对"，
"好"或"不好"去定义和评判。爱是需要学习的，如何
去爱，如何去表达爱。

FISKARNIR HAFA ENGA FÆTUR

鱼没有脚

[冰岛] 约恩·卡尔曼·斯特凡松 著 苇欢 译

2017 年布克国际奖提名作品
诺贝尔文学奖候选人、冰岛桂冠诗人约恩·卡尔曼·斯
特凡松的文学力作
世界上最痛苦的事情一定是不曾尽力去爱。

HIMNARÍKÍ OG HELVÍTI

没有你，什么都不甜蜜

[冰岛] 约恩·卡尔曼·斯特凡松 著 李静滢 译

冰岛值得阅读的桂冠级诗人小说家，入围2017年布克文学奖

一场大风雪，一个男孩的三天三夜，那个古老迷人的冰岛世界。

HARMUR ENGLANNA

天使的忧伤

[冰岛] 约恩·卡尔曼·斯特凡松 著 李静滢 译

冰岛桂冠级小说家，诺贝尔文学奖实力候选

英、法、西、德、冰、丹、挪等权威媒体盛赞本书"天堂般美妙""每一段都像诗""不可替代的光芒""美的奇迹"。
无尽的风雪、海浪群山，一个男孩和一个邮差的奇异之旅。

HJARTA MANNSINS

世界尽头的写信人

[冰岛] 约恩·卡尔曼·斯特凡松 著 李静滢 译

当空中有云，海里有帆，鱼群昼夜不停。我想给你写信。

诺奖实力候选人、冰岛桂冠级诗人小说家斯特凡松步入世界文坛代表作，译为27种语言。
我们在字里行间纠缠着爱，所以才有了历史。

WHERE'D YOU GO, BERNADETTE

伯纳黛特，你要去哪

[美] 玛利亚·森普尔 著 何雨珈 译

"大魔王"凯特·布兰切特被小说折服，主演同名电影
席卷46国，全球销量超过700万册！
蝉联《纽约时报》畅销榜、美国国家公共电台畅销榜
长达88周Goodreads 超过30万读者打出满分好评
136家媒体"年度图书"推选！

단순한 진심

单纯的真心

[韩] 赵海珍 著 梅雪 译

我是被亲生父母抛弃的孩子，却也是被陌生人珍视的孩子。
著名韩国作家殷熙耕、《82年生的金智英》作者赵南柱
挚爱作家赵海珍
金万重文学奖、大山文学奖获奖作首度引进。
一个关于寻找名字的故事。我们每个人的名字，都是我们
曾在这世上存在的证据。

불편한 편의점

不便的便利店

[韩] 金浩然 著 朱萱 译

无论是什么关系，只要能一起吃炸鸡的，就是一家人。
韩国小说家金浩然人气代表作，《请回答1988》
之后，最有人情味的胡同故事。
上市1年售出80万册，韩国25座城市市民票选
2022年年度之书。
生活就是一种关系，而关系就在于沟通。幸福并不
遥远，它就在和身边人分享心声的过程当中。

NAIV.SUPER.

我是个年轻人，我心情不太好
（20 周年纪念版）

[挪威] 阿澜·卢 著 宁蒙 译

北欧畅销书，挪威版《麦田里的守望者》
被无数读者津津乐道 20 年。
给每一个迷茫的孩子和心情不太好的大人。

DOPPLER

我不喜欢人类，我想住进森林

[挪威] 阿澜·卢 著 宁蒙 译

北欧畅销小说《我是个年轻人，我心情不太好》第二
季
被无数读者津津乐道 15 年并畅销不衰，风靡全球 41
国。打动了每一个在现代都市中生活、扮演某种角色，
并感到疲倦的人。
逃避不可耻，还很有用。

L

我的人生空虚，我想干票大的

[挪威] 阿澜·卢 著 宁蒙 译

北欧畅销小说《我是个年轻人，我心情不太好》炫酷
新作。

哪怕一件事并不科学，也不一定是件坏事。比如说，
爱就是不科学的，而做一次注定会失败的尝试，是真
的毫无意义吗？

被无数读者津津乐道 20 年并畅销不衰，风靡全球 41
国。打动了每一个在现代都市中感到年龄焦虑，情绪
枯竭，觉得人生没有意义的人。

BIG FISH

大鱼

[美] 丹尼尔·华莱士 著　宁蒙 译

出版 20 周年修订典藏版
豆瓣电影总榜 TOP100 口碑神作原著!
精彩程度不输电影!

不要相信所谓真的,相信你所爱的。

---

82 년생 김지영

82 年生的金智英(2021 读者互动版)

[韩] 赵南柱 著 尹嘉玄 译

豆瓣 2019 年度受关注图书,《新京报》年度好书,《新周刊》年度书单
孔刘、郑裕美主演同名电影,郑裕美凭此片荣获影后

愿世间每一个女儿,都可以怀抱更远大、更无限的梦想。

**2021 新版,编辑部特制作独立附册"觉醒与回响",
精选 15 封具有代表性、令人触动的信件,** 这些信件均
获得了读者本人的授权。

귤의 맛

橘子的滋味

[韩] 赵南柱 著 朴春燮 / 王福栋 译

《82 年生的金智英》作者赵南柱耗时五年全新力作,
书写青春期绿色的苦涩,黑色的迷茫,橘色的温柔。
她们哭着、笑着,共同治愈心灵的创伤,一同长大。
回头再看那个把重要的祈愿埋进时光胶囊的夜晚,她们
终于能说出——
有你在,真是万幸。

蟲師
虫师

[日] 漆原友纪 日本株式会社讲谈社 单元皓 译

日本文艺漫画经典，时代的眼泪

日本讲谈社首度官方授权简体中文版
《虫师》盒装爱藏版（全 10 卷＋特别篇）
2003 年获日本文化省媒体艺术节漫画类优秀奖
日本文化厅日本媒体艺术 100 选排名第 9，超过
《海贼王》《全职猎人》。

LES BIENVEILLANTES
善良的人

[美] 乔纳森·利特尔 著 蔡孟贞 译

龚古尔文学奖、法兰西学院小说大奖双料得奖之作
从青年知识分子，到刽子手。伴随他的除了步步高升，
还有噩梦、眼泪和呕吐物。
一部纳粹军官的回忆录，揭露内心的痛苦、挣扎、阴暗
与不堪。每个对自己有期望的读者都不应该错过这本书。

EVERY NOTE PLAYED
无声的音符

[美] 莉萨·吉诺瓦 著 姚瑶 译

人如何生活，取决于他认为自己还有多少时间。

第 87 届奥斯卡金像奖获奖影片《依然爱丽丝》原著小说
作者，哈佛大学神经学博士莉萨·吉诺瓦撼动人心之作！
入选 2017 年 Goodreads 年度最佳小说，美国亚马逊接
近满分好评。

**第一本以"渐冻人症"患者为主角的小说，这本书让你
重新认识生命。**

五部跨越百年的女性经典，一条关于女性自我发现、自我创造的精神之路。

A ROOM OF ONE'S OWN

一间自己的房间

[英] 弗吉尼亚·伍尔夫 著 宋伟航 译

激发女性精神觉醒的心灵之书

JANE EYRE

简·爱

[英] 夏洛蒂·勃朗特 著 陈锦慧 译

一颗勇敢、自由而激越的女性心灵，追求尊严与独立的永恒楷模。

LITTLE WOMEN

小妇人

[美] 露易莎·梅·奥尔科特 著 梅静 译

美国文学史上不朽的女性经典，送给所有小女孩、大女孩的礼物。

THE SELECTED POEMS OF EMILY DICKINSON

孤独是迷人的

[美] 艾米莉·狄金森 著 苇欢 译

精选狄金森经典诗作 160 首，中英双语。

一颗有创造力的心灵一定能找到其独自玩耍的方式，她选择了诗歌。

LES INSÉPARABLES

形影不离

[法] 西蒙娜·德·波伏瓦 著 曹冬雪 译

《第二性》作者西蒙娜·德·波伏瓦生前从未公开手稿首度面世。
一部曾被萨特"判死刑"的小说，以波伏瓦少女时代挚友扎扎为
原型，悼念她生命中最刻骨铭心的友谊。

为何家会伤人（百万畅销纪念版）

武志红 著

知名心理学家武志红
从业 25 年来公认口碑代表作！
100 万册畅销纪念版，
中国家庭问题第一书！

家是港湾，爱是退路。

和另一个自己谈谈心

武志红 著

**百万级畅销书《为何家会伤人》作者、知名心理学家
武志红 2021 温柔新作
四合一便携小开本，提炼从业 20 多年来思想精华，
随时随地反复阅读**

拆解为孤独、自恋、成长、梦想的四本分册，对应人
生四大课题。挖掘现象下的潜意识，展现思维盲区，
剖析行为背后深层的心理动机。对于刚刚接触心理学，
或有自我探索需求的读者很友好，适合作为入门书。

HALF THE SKY

天空的另一半

[美] 尼可拉斯·D. 克里斯多夫 雪莉·邓恩 著

吴茵茵 译

每一个地球公民的必读书。——比尔·盖茨

普利策新闻奖得主讲述女性的绝望与希望。

A PATH APPEARS

天空的另一半 2

[美] 尼可拉斯·D. 克里斯多夫 雪莉·邓恩 著 张孝铎 译

一本写给每个世界公民的慈善行动手册
普利策新闻奖得主深入探访全球弱势群体，用 19 个故事告诉你何谓"善者生存"。

只有我们付出的，才是我们拥有的。

THE KON-TIKI

孤筏重洋

[挪威] 托尔·海尔达尔 著 吴丽玫 译

畅销 70 年，被译介为 156 个版本，全球销量超过 3500 万册！入选联合国《世界记忆名录》，改编电影提名奥斯卡最佳外语片。木筏横渡太平洋！

NOSOTRAS：HISTORIAS DE MUJERES Y ALGO MÁS

女性小传

[西] 罗莎·蒙特罗 著 罗秀 译

一部女性心灵史，大胆呈现女性身上全部和完整的人性
西班牙国家文学奖得主罗莎·蒙特罗女性领域经典力作
用炙热而刺耳的文字，写下阿加莎·克里斯蒂、波伏瓦、弗里达、武则天等 106 位杰出女性的低吟与沸腾。

THE MOMENT OF LIFT

女性的时刻

[美] 梅琳达·盖茨 著 齐彦婧 译

比尔·盖茨夫人、《福布斯》权力榜女性领袖梅琳达·盖茨首度亲自晒书推荐，入选奥巴马年度书单，巴菲特、奥普拉、马拉拉、艾玛·沃森、杨澜联合推荐！
她和她讲述的女性故事，激励每个人摆脱无力感，认识到自身无限潜能；分享全球女性的困境与抗争，分享个人成长经历、微软职业经历、与比尔·盖茨的相恋过程和婚姻生活。

WILD

走出荒野

[美] 谢丽尔·斯特雷德 著

靳婷婷 张怀强 译

连续 126 周盘踞《纽约时报》畅销榜！
仅美国就卖出 300 万册！
罕见地横扫 17 项年度图书大奖！版权售出 40 国！
每个人的生命中，都有一片荒野，
需要你自己探出一条路来。

SMOKE GETS IN YOUR EYES

好好告别

[美] 凯特琳·道蒂 著 崔倩倩 译

媒体力赞："大开眼界""一本改变你死亡观的书""不被道蒂的讲述启发是不可能的""让你一路笑不停的奇书"！！

我们越了解死亡，就越了解自己。

FROM HERE TO ETERNITY: TRAVELING THE WORLD TO FIND THE GOOD DEATH

好好告别

世界葬礼观察手记

[美] 凯特琳·道蒂 著 崔倩倩 译

美国传奇殡葬师凯特琳·道蒂游历印尼、日本、墨西哥等 10 余个国家和地区，亲身走访科罗拉多州的露天火葬、印尼公共墓室、墨西哥亡灵节、日本琉璃殿骨灰供奉等。在这些葬礼文化中，既蕴涵着当地的历史传统，也让我们看到关于葬礼更多的可能性。
我们没有义务远离死亡，也没有义务对死亡感到羞耻。

WILL MY CAT EAT MY EYEBALLS?

猫咪会吃掉我的眼珠子吗？

[美] 凯特琳·道蒂 著 崔倩倩 译

Goodreads 读者奖，《纽约时报》畅销书
作者是愿意回答各种奇怪问题的传奇殡葬师凯特琳·道蒂
直接 大胆 精彩 爆笑 涨知识 深有启发
一本书扫除认知盲区，满足所有好奇心，原来谈"死"可以这么有趣！

可是我偏偏不喜欢

吴晓乐 著

也许他们说的都是对的，也许符合标准的人生都是很好很好的——可是我偏偏不喜欢

《你的孩子不是你的孩子》作者吴晓乐非虚构力作，关于性别、成长、职业选择、梦想、与家人关系等主题的 21 篇犀利随笔。

献给和社会格格不入的你。

你的孩子不是你的孩子

吴晓乐 著

一位家庭教师长达 8 年的观察，9 个震撼人心的真实家庭故事。

数月雄踞博客来总榜 No.1，同名网剧被称为"中国台湾版《黑镜》"。

这世间最可怕的伤害，打的旗号叫"为你好"。

THE ANIMAL DIALOGUES

遇见动物的时刻

[美] 克雷格·查尔兹 著 韩玲 译

克雷格·查尔兹的大半生都在荒野中探险。他写下自己与 30 多种动物的偶遇过程，他了解每一种动物的生活习性和动物王国中蕴含的野性之美。每一次相遇，他都将自身还原为生命的原始状态，去感受自然界的生存、繁衍、搏斗与死亡。

本书献给每一个热爱动物的孩子和大人，让你的世界宽阔而柔软。

TRACKS

我独自穿越沙漠

[澳] 罗宾·戴维森 著 袁田 译

一次澳大利亚洲内陆的探索与发现之旅,也是一个女人单纯且充满激情地寻找自我和追随内心的精神冒险之旅。

1975 年,27 岁的普通澳大利亚普通女子罗宾·戴维森,来到澳大利亚爱丽丝泉,学习和了解骆驼的习性和以及喂养、训练它们的相关技巧。两年后,凭着那股对沙漠和自我探寻的渴望,罗宾接受美国《国家地理》杂志的资金支持,带上四匹骆驼、一条狗,踏上穿越澳大利亚腹地 2000 多公里的沙漠的征程。

VIVIAN MAIER: STREET PHOTOGRAPHER

我是这个世界的间谍:薇薇安·迈尔街拍精选摄影集

VIVIAN MAIER: SELF-PORTRAITS

我与这个世界的距离:薇薇安·迈尔自拍精选摄影集

[美] 薇薇安·迈尔 摄 约翰·马卢夫 编

"她用孤独隐秘的一生,服事了影像的光辉与不朽。"

街头摄影界的凡·高 传奇保姆摄影师薇薇安·迈尔隐没 60 年作品 精装、大开本首度原版呈现

"这些是她最棒的一些照片,也许也是她留下的作品中最有启发性的了。"——《洛杉矶时报》

Big Fish
磨铁图书旗下品牌

大鱼读品

出 品 人｜沈浩波
产品经理｜任 菲 牛长红 商瑞琪 邱郁 赵士华
营销编辑｜叶梦瑶 徐 幸 王舞笛
书目设计｜付诗意 沐希设计 拾拾

主 编｜冯倩
版权支持｜程欣

豆瓣账号｜大鱼读品　　　　　　联系邮箱｜bigfishbooks@xiron.net.cn
地 址｜北京市西城区德外大街 83 号德胜国际中心 B 座 10 层

微信公众号
大鱼读品 BigFish

微博
大鱼读品 BigFish